Gideon Samson

STERNSCHNUPPENSOMMER

Gideon Samson

STERNSCHNUPPENSOMMER

Aus dem Niederländischen
von Rolf Erdorf

GERSTENBERG

Diese Geschichte ist für dich.

Da stehst du nun. Du schon. In deinem Schulrucksack stecken keine Butterbrotdose noch irgendwelche frisch gemachten Hausaufgaben, sondern ein nagelneuer Pass, ein ausgeschaltetes Handy, ein halb ausgefülltes Rätselheft und eine fast leer gegessene Tüte Lakritze.

Neben dir lehnt ein blauer Koffer an den rostbraunen Gitterstäben des hohen Zauns. Noch keinen Meter weiter liegt ein schmuddeliger Hund der Länge nach auf dem Gehweg und schläft. Der Koffer gehört dir, der Hund nicht. Anscheinend gehört das Tier zu niemandem.

»Sobald du nach draußen kommst, steht dein Vater da«, hat deine Mutter heute früh am Flughafen mindestens dreimal zu dir gesagt.

»Echt?«

»Das verspreche ich, mein Schatz. Er hat es mir versichert.«

»Aber du sprichst ihn nie!«

Deine Mutter lächelte, ohne dass sie amüsiert war. »So gut wie nie«, sagte sie. »Und mach du dir jetzt bitte keine Sorgen.«

Du würdest allein auf die Insel fliegen und Yiannis würde dann also dastehen. So haben deine Eltern das miteinander vereinbart. Er würde dich abholen und danach würdet ihr zu zweit zu dem Dorf fahren.

»Woher weiß ich, ob er mich überhaupt erkennt?«

Das brachte dir einen verwunderten Blick deiner Mutter ein.

»Ich denke nicht, dass ich ihn wiedererkenne!«

»Jetzt sei nicht albern.«

Vor ungefähr vier Jahren, an Weihnachten, hast du deinen Vater zum letzten Mal gesehen, daheim in den Niederlanden. Deinetwegen hätten gern auch noch weitere vier Jahre vergehen können – denn es ist ja nicht so, dass du ihn in der Zwischenzeit ganz ungemein vermisst hättest oder so –, aber was das angeht, hatte deine Mutter ganz andere Vorstellungen. Ihr Plan war, diesen Sommer alles einfach mal ganz anders zu machen. Oder eigentlich hatte Kees sich das ausgedacht.

»Schon kapiert«, ist deine Antwort gewesen, als sie es dir wenige Wochen vorher erzählten. »Ihr wollt mich nicht mit dabeihaben.«

»Wie kommst du denn bloß darauf?«

»Und deshalb schickt ihr mich jetzt einfach weg.«

Die Sache ist die, dass Kees *allein mit deiner Mutter* in Urlaub will, weil das für ihn der Gipfel der Romantik ist. Dann kann er zusammen mit ihr in schicken Hotels schlafen und stundenlang auswärts essen gehen, ohne dass du dich einmischst oder aus Versehen auf einem seiner hunderttausend Fotos drauf bist. Kees war schon gleich von Anfang an in deine Mutter verliebt, und soweit du es beurteilen kannst, mag sie ihn auch total gern.

Deine Mutter schüttelte den Kopf. »Ist dir eigentlich klar, mein Lieber, wie teuer so ein Trip nach Thailand ist? Kees zahlt alles für mich, weißt du.«

»Wie nett von ihm.«

»In der Tat.« Sie nickte. »Und zu dritt würde alles noch sehr viel teurer werden, das verstehst du doch? Ich will ihn auch nicht noch mehr in Unkosten stürzen.«

Deine Mutter wollte Kees also nicht *in Unkosten stürzen*. So hat sie es dir erklärt. Als ob du es nicht besser wüsstest. Sie und Kees können dich bei ihrem verliebten Getue nicht gebrauchen und darum hat man dich ohne Pardon zu deinem griechischen Vater geschickt. Das heißt, einem Vater, den du kaum kennst, aber für deine Mutter war das kein Problem. Oder besser gesagt (deine Mutter wortwörtlich): »Dann ist es Zeit, dass sich das mal ändert.«

»Wieso das denn jetzt?« Und dann kamst du mit deinem allerletzten Argument, deinem äußersten Versuch, bitte doch nicht dorthin zu müssen. »Mam«, sagtest du. »Auf mich wartet er bestimmt nicht.«

»Doch, tut er«, antwortete sie lediglich und damit war die Diskussion – sofern man es überhaupt eine nennen konnte – beendet.

Du hast recht. Natürlich hast du recht. Nachdem du nach mehr als drei Stunden über den Wolken auf dem kleinen Flugplatz der Insel gelandet bist, wartet Yiannis Zervakis tatsächlich nicht auf dich. Es ist genau umgekehrt. Du wartest auf ihn, und zwar nicht zu knapp. Erst ein paar Minuten, dann eine Viertelstunde und fast wie von selbst kommt da noch eine Viertelstunde hinzu.

Leute, die gerade gelandet sind oder umgekehrt noch starten müssen, sausen gehetzt an dir vorbei. Sie sehen dich nicht, aber das ist auch so gewollt. Du hast dich fachmännisch unsichtbar gemacht, um das Risiko möglichst gering zu halten, dass jemand plötzlich auf dich zukommt und fragt, warum du hier so allein herumstehst oder wo deine Eltern sind oder wie du heißt und woher du kommst und ob du dir sicher bist, dass dich heute noch irgendwer abholt.

Es ist heiß da bei dem Zaun, fast zum Ersticken. Du streifst deinen Rucksack von den Schultern und stellst ihn neben dir auf den Boden. Nach den Ferien bekommst du einen neuen, größeren. Einen für die weiterführende Schule.

Du starrst in die Hitze um dich herum und siehst ein

Stück weiter einen brummenden Touring-Bus mit aufgesperrter Ladeklappe bereitstehen. Leute in bunten Poloshirts und mit Klemmbrettern voller Formulare in den Händen versuchen, eine große Gruppe zahmer Touristen zu diesem Bus zu leiten. Du erkennst ein älteres Paar aus der Schlange am Flughafen Schiphol. Der Mann trägt ein weites kariertes Hemd, eine kurze Hose und Socken mit Sandalen, die Frau ein wehendes Blümchenkleid und ein ziemlich verrücktes Hütchen. In Amsterdam haben die beiden noch eine Weile so getan, als wären sie deine Großeltern. Dort, in der Warteschlange vor dem Einsteigen, haben sie dich plötzlich einfach so angesprochen.

»Reist du ganz allein?«, fragten die karierten Sockensandalen in leicht besorgtem Ton.

Du hast genickt und die Blümchen mit Hut schauten dich prüfend an. »Darfst du das denn schon?«, fragten sie. »In deinem Alter?«

Du hättest ihnen natürlich erklären können, deine Mutter hätte versprochen, jemand von der Fluggesellschaft würde dich begleiten, aber offenbar nicht gewusst, dass man so etwas spätestens vierundzwanzig Stunden im Voraus anmelden muss, und dass sie dann (gestern Nachmittag) zu der Erkenntnis gelangt war, dass Kinder ab zwölf Jahren auch ohne Begleitung reisen dürfen. Aber stattdessen sagtest du: »Allein ist billiger.«

Darüber mussten deine zeitweiligen Großeltern lachen. Sie versprachen, ein bisschen extra auf dich achtzugeben, aber hier in der Sonne sehen sie dich nicht mehr und ihre ganze Aufmerksamkeit gilt ihren Koffern, die nach einigem Gezerre und Geschiebe von dem Bus verschluckt werden.

Ein Auto kommt angefahren, das x-te. Wieder ist es nicht dein Vater. Du weißt nicht mal, welche Marke er fährt und welche Farbe sein Auto hat, und jetzt, wo du darüber nachdenkst, ist das doch wirklich das Mindeste, was man dir vorher hätte erzählen können. Und außerdem, warum hat deine Mutter dir nicht seine Nummer gegeben? Dann hättest du ihn wenigstens anrufen und fragen können, wie endlos lange es noch dauern wird.

Du könntest jetzt ja dein Handy aus dem Rucksack holen. Dann könntest du deine Mutter anrufen und sie wiederum Yiannis, aber ehrlich gesagt hast du überhaupt keine Lust, sie zu sprechen. Nicht umsonst hast du das Ding nach dem Abschied auf Schiphol ausgeschaltet. Es ist besser, wenn es vorläufig auch aus bleibt.

Mit jeder Sekunde, die vorbeikriecht, wird es heißer. Schon fast eine Stunde lang perlen dicke Tropfen von deinem Kopf, wie bei einem aufgedrehten Wasserhahn, der bei diesen brütend heißen Temperaturen nie mehr zugehen will, während dein T-Shirt mittlerweile aussieht, als hättest du es aus einem Wasserkübel gefischt. Noch immer keine Spur von deinem Vater.

Du schaust zur Seite, auf den Hund von niemandem. »Was hältst du davon?«, fragst du, aber der Hund reagiert nicht, er ist schließlich ein Hund und Hunde haben natürlich Besseres zu tun, als auf Jungen zu reagieren, die ihnen plötzlich einfach so irgendwelche Fragen stellen. »Ach«, denkst du (und sagst es auch laut), »schon gut.«

Der Hund bleibt faul liegen und scheint sich nicht zu regen, aber dann auf einmal hebt sich sein schläfriger Kopf ein winziges Stückchen und einen Augenblick lang spitzt er die langen, schlottrigen Ohren. Und gerade als du dir überlegst, ob es nicht auch sein könnte, dass du vor dem falschen Tor stehst und dein Vater zur selben Zeit bei einem anderen Ausgang des Flugplatzes wie verrückt nach dir sucht, hörst auch du, wie sich mit hustendem Gebrumm ein mit Sicherheit steinaltes Auto allmählich nähert.

»Mit Elza alles geht gut?« Yiannis sitzt hinter dem abgegriffenen Lenkrad eines dunkelgrauen Fahrzeugs voller Beulen und hält den Blick auf die Straße gerichtet.

Du sitzt neben ihm, auf einem Häufchen vertrockneter gelbbrauner Schaumgummikrümel aus dem Riss im Beifahrersitz. Zwischen der Unordnung zu deinen Füßen ist gerade noch genug Platz für deinen Rucksack. »Doch, ja.«

Er nickt, tritt das Gaspedal etwas tiefer durch und überholt mit dröhnendem Motor einen Lastwagen.

Im Auto wird wenig gesprochen. Und falls einer von euch beiden manchmal doch den Mund aufmacht, dann nur für wenige Worte. Und weil die Stille in dir eine seltsam juckende Unruhe hervorruft und du nicht die geringste Ahnung hast, was du deinem Vater von dir aus erzählen solltest, stellst du die einzige Frage, die dir in den Sinn kommt. Es ist exakt dieselbe Frage wie die von ihm (allerdings in korrektem Niederländisch).

»Was?«, fragt Yiannis.

»Ich meine, mit dem Restaurant.«

»Ach.«

Er ist Koch, dein Vater. Das war er schon immer. Sieben Tage die Woche kocht Yiannis in der Küche seines eigenen Restaurants (wo er also nicht nur der Koch, sondern auch der Chef ist) für die Touristen, die sich erwartungsvoll auf seine Terrasse setzen, weil irgendein Mensch von einem ziemlich wichtigen Reiseverlag in einem dicken Reiseführer über die Insel geschrieben hat, im Dorf deines Vaters wäre nur ein einziges anständiges Restaurant zu finden.

Auf Seite 191 in diesem Führer, um genau zu sein, in der linken Spalte, und zwar etwas unterhalb der Seitenmitte, befindet sich ein unscharfes Schwarz-Weiß-Foto, auf dem *Chefkoch Yiannis Zervakis vom Restaurant Elza* (das sind die sechs Worte, die in Kursivschrift darunter stehen) mit einem etwas verschwommenen, aber doch deutlich stolzen Lächeln in die Kamera schaut. Direkt darüber geht es um *authentische Gerichte und frische Zutaten, liebevoll zubereitet,* was wahrscheinlich bedeutet, dass dein Vater das mit dem Kochen ziemlich ernst nimmt.

»Mit der Restaurant es geht gut.« Es klingt, als hätte er dein »dem« absichtlich in »der« abgeändert.

»Fein«, antwortest du und denkst an den Reiseführer, der schon solange du dich erinnern kannst – und wahrscheinlich sogar noch länger – im Schlafzimmer deiner Mutter auf dem Bücherbrett steht. Manchmal, wenn du allein zu Hause bist, holst du das abgegriffene Ding herunter und blätterst dich zu dem Lächeln von Chefkoch Yiannis Zervakis durch.

Dein Vater schlägt zweimal auf das Lenkrad, überholt ein anderes Auto und sagt dann: »Oder vielleicht ich soll sagen, könnte besser sein.«

Du fragst dich, was denn jetzt stimmt – *gut* oder *könnte besser sein*? –, und als könnte er deine Gedanken lesen (was er natürlich nicht kann, weil es so etwas wie die Gedanken anderer lesen nun mal nicht gibt), erklärt er es: »Der Sommer hat angefangen, also von jetzt an ich denke, alles wird Honig und Milch.«

»Ich verstehe«, sagst du, denn immerhin verstehst du, was er meint.

Du weißt nicht recht, was du sonst noch fragen kannst, und dein Vater widmet seine ganze Aufmerksamkeit wieder dem Autofahren.

Diese juckende Unruhe kommt zurück.

»Und Harry?«, ertönt es nach einer Weile.

»Wer?«

»Harry«, wiederholt Yiannis, während er weiter geradeaus schaut. »Das Freund von Elza.«

»Du meinst Kees.«

»Kees?«

»Ja.«

»Ist möglich.« Yiannis hupt zwei grasende Ziegen am Straßenrand an, die nicht so aussehen, als hätten sie auch nur einen Augenblick vorgehabt, die Straße zu überqueren, und nur aufgrund des schrillen Geräuschs erschreckt die Köpfe heben. »Mit ihm auch alles gut?«

»Ja«, sagst du. »Doch, ja.«

Yiannis nickt, wie er vorher schon genickt hat, und dann ist das Gespräch wieder zu Ende.

Die Reise geht schweigend und juckend weiter an kleinen Dörfern vorbei, durch Kurven und über Straßen voller Schlaglöcher. Manchmal hört die Straße plötzlich auf, als hätten die Leute, die daran gebaut haben, kurz Mittag gemacht und anschließend nicht mehr daran gedacht, zurückzukommen und weiterzuarbeiten. Dann holpert ihr über Kies und durch Kuhlen, bis es plötzlich wieder eine Asphaltschicht gibt und alles im und am Auto für eine Weile zu beben aufhört. Ein paarmal überlegst du, dich vorzubeugen und ein Lakritz aus deinem Rucksack zu nehmen, aber immer wieder scheint es einen Grund zu geben, es nicht zu tun.

Yiannis sagt etwas auf Griechisch.

»Redest du mit mir?«, traust du dich zu fragen.

Er schaut kurz zur Seite. »Mit wem du meinst sonst?«

»Ich kann kein Griechisch.«

»Bist du nun mein Sohn?«

Er ist kein Plauderer und du bist es auch nicht, aber ansonsten sind nur wenig Gemeinsamkeiten zwischen euch auszumachen, und in diesem Moment fühlt es sich tatsächlich so an, als wäre dieser Mann neben dir ganz und gar nicht dein Vater. Und du also auch nicht sein Sohn.

»Der Sprache man vergisst doch nicht, Djakos«, fragt Yiannis, ohne dass es wie eine Frage klingt.

Djakos. Nur eine Person auf der ganzen Welt nennt dich so. Du kannst dich nicht erinnern, wann du zum letzten Mal an diesen merkwürdigen Namen gedacht hast, und wahrscheinlich ist es sogar so, dass du ihn schon fast vergessen hattest und er dir erst jetzt wieder eingefallen ist, weil er ihn benutzt. Du (Djakos also) erklärst, dass du schon sehr lange kein Griechisch mehr gehört und gesprochen hast. Yiannis nickt wieder und danach sagt ihr beide nichts mehr zueinander.

Das Auto kommt ins Dorf geschnauft. Yiannis biegt links ab, noch einmal nach links und am Ende der Straße nach rechts – du erkennst wirklich nichts wieder – und parkt dann am Rand einer schmalen Gasse.

»Willkommen, Männer!«, ertönt es, als ihr aus der verbeulten Kiste gestiegen seid.

»Gertie«, sagt Yiannis zu dir, als hättest du gefragt, wer da steht, (was du nicht hast) und als würde dieser Name schon alles erklären (stimmt ebenfalls nicht).

Du schulterst deinen Rucksack und Yiannis öffnet den Kofferraum. Er hebt deinen blauen Koffer heraus, schlägt den Deckel wieder zu und zieht den Koffer hinter sich her durch die Gasse. Da, mitten auf der Straße, zwischen den quadratischen kleinen Tischen mit den bunten Stühlen, steht eine Frau, die offenbar Gertie heißt. Sie ist blond und schlank – oder nicht so ganz schlank, wenn man etwas genauer hinschaut – und trägt ein lila Oberteil, einen langen, rotweißen Tupfenrock und schwarze Schuhe mit Absätzen. Während Yiannis und du euch nähert, erscheint ein breites Lächeln auf ihrem Gesicht. Sie ruft etwas, diese Gertie, aber das Rattern der Rollräder auf dem Straßenpflaster schallt so laut von den Hauswänden zurück, dass es nicht zu verstehen ist.

»Du bist Jakob!«, sagt sie, als ihr vor ihrer Nase steht und sich der Koffer beruhigt hat. Du sagst nichts und Gertie beugt sich vor. Ungefragt küsst sie dich auf die rechte und die linke Wange. »Willkommen«, sagt sie wieder. »Wunderbar, dass du da bist.«

Du schaust zu Yiannis, aber nichts in seinem Gesicht verrät, wer diese Gertie nun eigentlich ist. Was macht sie in dem Restaurant? Arbeitet sie hier oder ist da mehr? Yiannis steht auf niederländische Frauen – ohne diese Tatsache gäbe es dich gar nicht –, aber von dieser Gertie hat mir keiner vorher etwas erzählt.

»Kann ich meine Sachen in mein Zimmer bringen?«

Gertie schaut zu Yiannis und umgekehrt. »Hast du nichts gesagt?«, fragt sie.

Yiannis kratzt sich hinter dem Ohr. »Ja …« Er zögert. »Das ich hatte noch nicht erzählt dir, Djakos, aber, äh …«

Es ist kurz gesagt so, dass du auf einer Couch schlafen musst. In der Wohnung über dem Restaurant gibt es nur ein zusätzliches Schlafzimmer, und weil das Restaurant im Winter nicht supergigantisch gelaufen ist, hat Yiannis das Zimmer vermietet. »Vorübergehend«, wie er sagt, und jetzt verstehst du, wer Gertie ist.

Vor acht Jahren hat dich deine Mutter mit in die Niederlande genommen. Du wusstest nicht, was du von der Zeit davor noch alles im Kopf hattest, aber als Yiannis die Tür zum Restaurant aufdrückt und du ihm hinterhergehst, tauchen die Dinge von früher ganz langsam in dir auf, wie ein Video im Internet, das durch die schlechte Verbindung ruckelnd und mit Unterbrechungen immer stückchenweise abgespielt wird.

Erst erinnerst du dich wieder an die Sitzecke mit dem offenen Kamin, dann an die Serviettenhalter und die Pfeffer- und Salzstreuer aus Plastik auf dem Holztresen und danach an die halb offene Küche voller Töpfe und benutztem Geschirr. Du erkennst das Wandbild mit den drei Frauen, die sich ganz genau gleichen, das Regal mit den hundert hängenden Weingläsern und die Vorhänge, durch die man von draußen nicht nach drinnen, aber wohl von drinnen nach draußen sehen kann.

»Geh du und schau oben«, schlägt Yiannis vor. »Dann ich koche.«

Du gehst durch das Restaurant in den Flur, hievst

deinen Koffer polternd die Treppenstufen hinauf und rollst ihn weiter bis in das große Wohnzimmer mit der fahlgrünen Couch, die zu diesem Zeitpunkt noch kein Bett ist.

»Es ist eine bequeme Couch«, hörst du hinter dir. Gertie hat ihre hochhackigen Schuhe ausgezogen, um barfuß leise hinter dir herschleichen zu können.

»Ja«, sagst du und starrst auf ihre zehn dunkelroten Fußnägel. »Das sehe ich.« Du stellst den Koffer neben dein zukünftiges Bett und lässt dich noch mitsamt deinem Rucksack auf die ausgebleichten Kissen fallen. Danach schaust du Gertie genau so lange an, bis sie irgendetwas zu dir sagen muss.

»Gut«, sagt sie schließlich.

»Gut«, wiederholst du.

Gertie nickt kurz, ohne dass du weißt, warum. »Ich denke, ich werde jetzt deinem Vater helfen«, sagt sie. »In der Küche.«

»Gut«, sagst du wieder.

Gertie nickt nochmals, dreht sich um und verschwindet dann auf ihren rot lackierten Zehen aus dem Zimmer.

Hallo, wie geht's?

Elza van Diepen <elza.van.diepen@hotmail.com>

an Jakob

Mein allerliebster Schatz,

ich habe einige Male versucht, dich anzurufen, aber ich glaube, dein Handy tut es nicht. Du hast das Ladegerät doch mitgenommen? Ich bin so unheimlich neugierig, wie es dir da auf der Insel ergeht!

Dein Vater hat mir gerade gesimst, dass ihr euch problemlos am Flugplatz gefunden habt. Das freut mich. Unnötige Sorgen also! Hattest du ansonsten eine gute Reise? Und habt ihr eine schöne Zeit miteinander? Wie ist es sonst so auf der Insel? Während ich das schreibe, rieche ich fast wieder den Duft der Olivenbäume und der Ziegen. Ich könnte dich beneiden!

Kees und ich packen währenddessen gerade eifrig für die große Reise, das wirst du verstehen. Morgen früh fliegen wir los. Er will drei verschiedene Fotoapparate mitnehmen und auch noch einen ganzen Koffer mit Objektiven und lauter so Sachen. Das ist natürlich viel zu viel, aber du kennst ja Kees, wenn es ums Fotografieren geht.

Ich bin allerdings schon etwas nervös, merke ich. Und so lange ohne ihr Kind ist für eine Mutter auch nicht einfach …

Du musst nämlich wissen, mein Herz, dass ich dich ziemlich vermisse!

Meldest du dich mal kurz, ja? Ruf einfach an oder schick mir eine Nachricht zurück.

Einen dicken Kuss von Mama

RE: Hallo, wie geht's?

Jakob Zervakis <jakozerva@gmail.com>

an Mama

Hi Mam

Hier geht alles gut. Es ist sehr heiß und Yiannis stand wirklich da, als ich ankam. Die Reise lief auch gut. Viel Spaß in Thailand und viele Grüße (auch an Kees)

RE: RE: Hallo, wie geht's?

Elza van Diepen <elza.van.diepen@hotmail.com>

an Jakob

Ach wie schön, Lieber, noch vor dem Abflug etwas von dir zu hören. Und wie wunderbar zu lesen, dass es dir so gut geht!

Gibst du mir noch kurz Bescheid, was mit deinem Handy ist?

Also, mein Herz, genieß die Zeit! Das werden wir auch. Nein, ich werde dir nicht ununterbrochen mailen, aber ab und zu eine Nachricht würde mich schon freuen.

Noch einen ganz dicken Kuss von Mama

Nachts verwandelt sich die Couch in ein Bett, tagsüber ist es einfach wieder eine Couch. Du hast den klapprigen Ventilator davorgeschoben, deine Comics aus dem Koffer auf die Lehne gepackt und so, den Wind im Gesicht und den Hintern tief in den Kissen, arbeitest du dich schon drei Tage hintereinander durch dein mitgebrachtes Lesefutter.

Jeder ausgelesene Comic kommt auf den Stapel *Ausgelesene Comics*, und obwohl du ja gerade erst auf der Insel angekommen bist, ist dieser Stapel schon bedeutend höher als der, den du noch vor dir hast.

»Jakob?« Gertie ist nach oben gekommen, das macht sie öfter. Sie steht vor der geschlossenen Wohnzimmertür und fragt: »Hast du Lust, mit mir zum Markt in der Stadt zu fahren?«

Du zählst leise bis fünf.

»Jakob?«

Bis zehn.

»Bist du da?«

Auf der Insel ist es haargenau so katastrophal, wie du es erwartet hast. Oder nein, noch schlimmer. (Geht offenbar.) Weil du niemanden in diesem dummen Dorf kennst, denkst du gar nicht erst daran, aus dem Haus zu gehen – das ist logisch –, und außerdem ist es draußen so fürchterlich heiß, dass du schon nach einer Minute völlig durchnässt sein würdest.

»Hallo?« Gertie lässt so schnell nicht locker, aber du bleibst schweigend vor dem sich hin und her drehenden Ventilator sitzen. »Bist du da?«, fragt sie wieder. »Ich muss zum Einkaufen und da dachte ich, wir könnten ja vielleicht auch mal schauen, ob es da noch andere schöne Sachen gibt.«

Die vorübergehende Mitbewohnerin deines Vaters bezahlt die Miete nicht mit Geld, das hast du längst gepeilt. Tagsüber erledigt sie die Einkäufe für das Restaurant und abends deckt sie die Tische und bedient die Gäste auf der Terrasse. Yiannis hat selbst keine Zeit für diese Dinge. Er arbeitet den ganzen Tag in der Küche.

»Jakob?«, hörst du es zum dritten Mal rufen. »Oder rede ich hier gegen eine Tür?« Im Endeffekt tut Gertie im Augenblick haargenau das. »Ich fände es sehr schön, wenn wir zusammen gehen«, fährt sie an dich (oder an die Tür) gerichtet fort. »Dann kommst du auch mal an die frische Luft. Ist das nicht eine gute Idee?«

Es ist klar, dass sie noch eine Weile dort stehen bleibt, wo sie steht, wenn du ihr nicht antwortest – und die Tür wird mit Sicherheit nichts sagen. »Eigentlich lese ich gerade«, sagst du deshalb.

Am anderen Ende bleibt es kurz still. »Was denn?«, fragt Gertie dann.

»Einen Comic.«

Wieder eine kurze Stille und dann: »Was für einen Comic?«

Du seufzt einen tiefen Seufzer. Vielleicht ist es ja so, dass Gertie sogar Geld bekommt, anstatt welches zu bezahlen. Dass dein Vater ihr für jede angeblich interessierte Frage an dich einen Euro gibt; fünf, wenn sie es schafft, dich aus dem Zimmer zu locken, und mit zum Markt für *andere schöne Sachen* – was damit wohl gemeint war? – ist dann wahrscheinlich zehn wert.

»Darf ich reinkommen?«

Du sagst »okay« (sonst wirst du sie nie los) und sofort öffnet sich die schweigsame Tür. Da steht Gertie mit ihrem Lächeln, sie glaubt sicher noch, du würdest mitkommen. »Wusstest du, dass ich früher auch ein großer Comic-Fan gewesen bin?« Sie tritt zur Couch und setzt sich ungefragt neben dich. Mit einem Finger geht sie die Titel auf der Lehne entlang, als wollte sie inspizieren, ob dein Stapel einigermaßen an das heranreicht, was sie selbst mal gelesen hat.

»Ich will nicht mit in die Stadt«, sagst du.

»Wirklich nicht?«

Du schüttelst den Kopf. »Geh du nur.«

»Möchtest du denn wieder den ganzen Tag drinnen hocken?«

»Ja.«

»Ehrlich?«

Wenn du ganz ehrlich bist, möchtest du hier überhaupt nicht sein. Nicht in diesem Zimmer, nicht in diesem Haus, nicht in diesem Dorf und nicht auf dieser Insel.

»Tja, du musst es selbst wissen«, sagt Gertie. »Aber wenn ich du wäre, wurde ich lieber nach draußen gehen.«

»Du bist aber nicht ich.«

»Das stimmt.« Sie nickt. »Aber du kannst doch auch beispielsweise schön am Stand liegen und lesen?«

Manche Gespräche dauern schlichtweg zu lange, zum Beispiel das hier. »Ich gehe auch noch raus«, lügst du darum. »Nachher.«

Sie nickt wieder. »Ja«, sagt sie. »Das hört sich gut an. Und du bist sicher, dass du nicht mit zum Markt willst, ja?«

»Ganz sicher.«

»Vielleicht ein andermal?«

»Ja, vielleicht.«

»Gut.«

»Gut.«

Und wenig später haben sich die zehn roten Zehen endlich vom Acker gemacht.

»Djakos?« Yiannis schaut dich über den Tisch hinweg an. Er hat den Mund noch voll, aber offensichtlich ist ihm das ziemlich egal. »Was alles du hast gemacht heute?«

Eine halbe Stunde am Tag – manchmal etwas länger – seid ihr alle drei gleichzeitig am selben Ort, Yiannis und Gertie und du. Ihr frühstückt nie zusammen (dein Vater frühstückt nicht), und weil die ersten Gäste jedes Mal wieder gegen sechs Uhr abends auf der Terrasse des Restaurants Platz nehmen, wird auch das Abendessen vernachlässigt. Yiannis schaufelt beim Kochen einige Bissen aus den Töpfen auf einen Teller und du musst selbst sehen, wo und wann du sie aufisst.

Die gemeinsame halbe Stunde ist mittags bei der warmen Mahlzeit. Und zwar nimmt dein Vater diesen Moment des Tages *Ganz Besonders Wichtig*, denn wenn er unten vom Fuß der Treppe nach dir ruft, hörst du ziemlich deutlich an seiner Stimme, dass du unmöglich in deinem Zimmer sitzen bleiben kannst.

Das Mittagessen bei Yiannis besteht nicht aus ein, zwei Stullen mit Erdnussbutter oder etwas Süßem drauf, sondern aus Fisch und Suppe und Salat und Aufläufen aus Kartoffeln und Gemüse und Fleisch. All diese Sachen esst ihr drinnen. Abends, wenn das Restaurant aufmacht, entscheiden sich die Touristen für draußen, aber aus irgendeinem Grund sitzt dein Vater mittags lieber nicht auf seiner eigenen Terrasse.

»Na?«, fragt Yiannis. »Was du hast gemacht diesen Tag?«

Alle Tage gleichen sich. Manchmal kann das schön sein, beispielsweise wenn man mit seiner Mutter und einem Zelt in Frankreich Ferien macht und es dann auf dem Campingplatz noch eine andere Familie gibt mit einem Jungen, der genauso alt ist wie du und Hidde heißt und erst nicht so nett rüberkommt, aber danach schon, und jeden Tag Fußball spielen will oder Dämme bauen und dein Freund ist, solange der Fleck von dem Zelt auf dem Gras sich nicht in einen braungelben Fleck verwandelt. Ja, dann ist es nicht schlimm, wenn die Tage wie von selbst ineinander übergehen und Hidde und du nach einer Weile wirklich nicht mehr wisst, ob heute Donnerstag oder Freitag ist (oder war es gar schon Samstag?). Aber hier, bei deinem Vater auf der Insel, ist jeder Tag wie ein todlangweiliger Naturfilm, der von einem humorlosen Witzbold endlos hintereinander abgespielt wird, und das außerdem noch quälend langsam in Zeitlupe.

»Nichts«, antwortest du. »Gelesen.«

»Warum du gehst nicht nach draußen?«, fragt Yiannis.

Du stichst mit deiner Gabel in ein Stück Gurke auf deinem Teller und zuckst mit den Schultern.

»Jakob geht nachher zum Strand«, sagt Gertie aufgeräumt. »Nicht, Jakob?«

»Vielleicht.«

»Das hatten wir doch miteinander vereinbart!«

Du weißt nichts von einer Vereinbarung, aber Streit ist so ungefähr das Letzte, worauf du Lust hast. »Ja«, sagst du also. »Ich gehe. Später.«

Dein Vater nickt und nimmt einen Riesenbissen von dem Fisch auf seinem Teller. Danach reden er und Gertie über das, was für den Abend auf der Speisekarte steht, und es scheint, als hätten sie dich schon wieder vergessen.

Oben im Wohnzimmer, versteckt hinter der Couch, liegt dein Proviant, um die Zeit hier zu überstehen. Das Wort *Proviant* hast du von Hidde (der benutzte es für die Kaubonbons, die er aus dem Zelt seiner Eltern stibitzt hatte, kurz bevor ihr zu zweit einen Streifzug über den Campingplatz unternommen habt), und in diesem Fall besteht der Proviant aus einer Tüte weicher Hefebrötchen, einer angebrochenen Rolle Doppelkekse und vier großen Flaschen Wasser. Als du Yiannis gestern zu einem bestimmten Zeitpunkt aus der Tür gehen hörtest, bist du nach unten geschlichen und hast dir diesen kleinen Vorrat aus der Küche geholt. Erst war auch noch ein halb geschmolzener Riegel Mandelschokolade dabei, aber der wurde schon gleich so klebrig, dass dir kaum etwas anderes übrig blieb, als ihn einfach möglichst schnell aufzuessen.

Der Stapel *Ungelesene Comics* ist längst kein Stapel mehr. Du vereinbarst mit dir, dass du nach jeweils fünfzig, oder nein: dreißig, oder na ja, meinetwegen zwanzig Seiten einen Keks essen darfst. Das heißt, die Rolle ist im Nu leer. Die Hefebrötchen gehen bedeutend weniger schnell weg, aber als du am frühen Abend mit deinem achtundzwanzigsten Comic beginnst, erreichst du den Boden der Tüte und dein gesamter Proviant ist kaum noch der Rede wert.

Die letzten paar Seiten des letzten Comics (Nummer einunddreißig, um genau zu sein, mehr hatten nicht in deinen Koffer gepasst) liest du abends auf der Couch liegend, die sich nach dem Zähneputzen wieder wie von selbst in ein Bett verwandelt hat.

Ja, zu Bett gehen, das ist auch so was. Zu Hause sieht das ganz anders aus, mit einer festen Zeit und deiner Mutter, die immer noch mal nach dir schaut und auf deiner Bettkante sitzend mit dir plaudert. Yiannis und Gertie wissen noch nicht mal, wann du dich schlafen legst, und offenbar interessiert es sie auch nicht. Sie sind viel zu sehr mit dem Restaurant beschäftigt und beiden kommt nicht einen Moment lang der Gedanke, dir auch nur kurz Gute Nacht zu wünschen.

Du legst Nummer einunddreißig auf den Stapel. Nach weniger als drei Tagen auf der Insel hast du alle deine Comics schon durch. Du füllst das restliche Rätselheft aus, und als auch das erledigt ist und die beängstigende

Aussicht auf die folgenden fürchterlichen Wochen dir schon durch den Kopf geistert, knipst du den Ventilator und das Licht neben der Couch aus und hoffst, dass du schnell einschlafen wirst.

Fehlanzeige.

Du liegst schon stundenlang mit weit offenen Augen da und lauschst den ziemlich ungewohnten Geräuschen. Überall um dich her knarrt und raschelt es eigenartig und du könntest schwören, dass jemand in der Zimmerecke steht. Du zweifelst, knipst dann doch das Licht an und siehst die große Pflanze auf dem Hocker, die, wenn man nicht genau hinschaut, tatsächlich ein bisschen wie ein Mensch aussieht.

Es ist knallheiß im Zimmer, aber du hast keine Lust auf das Surren von diesem Ventilator. Zu alledem riecht es auch noch merkwürdig. Nach Essen von unten, nach Holz und alten Möbeln und noch einer Menge anderer Dinge, die du nicht oder nicht mehr so richtig kennst.

Du schließt die Augen und öffnest sie wieder und kommst zu dem Schluss, dass du eigentlich dringend mal musst. Wenn du gleich von der Toilette zurück bist, schläfst du ganz bestimmt auf der Stelle ein. Du kriechst von der Couch und schleichst auf Zehenspitzen über den knarrenden Holzboden des Flurs zum Badezimmer.

Unter der Tür fällt Licht durch. Hat jemand das etwa

mitten in der Nacht brennen lassen? Aber als du direkt vor dem Badezimmer stehst, merkst du, dass außer dem Licht auch ein Pullergeräusch durch die Türritzen auf den Flur dringt.

Besetzt.

Du bleibst stehen, wo du stehst. Du hörst die Toilettenspülung, dann den Wasserhahn am Waschbecken und dann schwenkt die Tür auf. »Nanu, Jakob? Was tust du hier? Ich meine …«

Du sagst nichts, sondern schaust nur auf die Türöffnung. Auf Gertie. Sie trägt keinen Pyjama, kein T-Shirt oder Hemdchen, noch nicht einmal eine Unterhose. Du kannst es nennen, wie du willst, aber ehrlich gesagt läuft es immer auf dasselbe hinaus. Die Untermieterin deines Vaters ist von Kopf bis Fuß splitternackt. Ohne Kleidung. Und das ist eine Tatsache. Noch nie zuvor hast du eine nackte Frau gesehen (außer deiner Mutter, aber das zählt natürlich nicht), und was dich angeht, hätte das auch noch ganz lange so bleiben dürfen.

»Musst du mal?«, fragt Gertie mit einem leisen Kichern.

Du hast keine Ahnung, was daran so witzig ist.

»Tja, äh …«, fährt sie fort. »Dann schlaf mal schön, gleich, ja?«

Wortlos gehst du an ihrem nackten Hintern, den Beinen und all den anderen unbedeckten Teilen vorbei ins Bad und ziehst die Tür hinter dir zu.

Djakos!«, schallt es die Treppe herauf.

Es ist noch längst nicht Essenszeit – da bist du dir sicher –, das kann es also nicht sein, und noch bevor du etwas zurückrufen kannst, hörst du Yiannis schon mit seinen großen Füßen die Treppe hochpoltern. Innerhalb weniger Sekunden fliegt die Tür des Wohnzimmers auf.

»Djakos«, sagt er noch einmal. Es ist Morgen, aber vor seinem dicken Bauch hängt bereits eine Küchenschürze. »Du kommst mit nach unten jetzt, gut?«

Du legst deinen Comic (du hast den Stapel umgedreht und wieder neu von oben angefangen) neben dich auf die Couch. »Ja, aber ich war gerade …«

»Jetzt, ich sage!« Yiannis schaut dich streng an. »Ich glaube, ich muss mal mit dir reden.«

Unten im Restaurant zieht Yiannis zwei Stühle von einem Tisch weg. Ihr setzt euch gegenüber.

»Djakos«, sagt Yiannis zum dritten Mal. »Ich denke, wir sollten bisschen die Dinge ändern hier.«

»Welche Dinge?«

»Du weißt doch, wovon ich rede!«

Du schweigst.

»Wie lange du bist hier jetzt?«

»Drei Tage. Oder vier.«

Yiannis nickt. »Und was genau du hast getan diese Tage, du bist hier?«

»Gelesen«, antwortest du.

»Gelesen«, wiederholt Yiannis. »Im Zimmer.«

»Was spricht dagegen?«

»Nichts«, sagt Yiannis. »Oder besser ich sage, wenig spricht dagegen. Aber warum du bleibst immer nur drinnen und gehst nicht nach draußen der Dorf entdecken und zu der Strand und schwimmen und lauter solche die Dinge?«

»Mit wem denn?«

»Mit wem?« Yiannis schaut dich verständnislos an. »Was, mit wem? Hier überall es ist voller Leute!«

Das ist zwar so, aber die Leute, die er meint, kennst du nicht.

»Aber dann du lernst sie kennen!« Yiannis steht auf und holt ein ganzes Huhn aus dem Kühlschrank. Offenbar ist schon wieder höchste Zeit fürs Kochen. »Sollen wir das verabreden?« Er packt das Huhn in eine große Glasschüssel und tut Pfeffer und Salz dazu.

»Was verabreden?«

Yiannis gießt einen tüchtigen Schuss Olivenöl über das Huhn und beginnt alles wie wild einzumassieren. »Verabreden, du dich änderst.«

Du schaust zu Yiannis und zuckst mit den Schultern.

»Ja?« Er erwidert deinen Blick. »Dann das ist verabredet?«

»Meinetwegen.« Du stehst von deinem Stuhl auf, willst schon wieder nach oben gehen, aber dann überlegst du es dir. »Ich muss auch kurz mit dir reden.«

»Ach?«

»Über Gertie.«

Yiannis nimmt die Hände aus der großen Glasschüssel voller Huhn und Olivenöl und wischt sie an der Schürze vor seinem Bauch ab. Er schaut dich abwartend an.

»Wusstest du, dass sie nackt durchs Haus läuft?«

»Ja«, sagt Yiannis. »Das wusste ich.«

Ihr seid beide still. Er wahrscheinlich, weil er dem wenig hinzuzufügen hat, und du, weil du von der Antwort überrascht bist und dir erst mal nichts einfällt, was du weiter noch sagen solltest.

»Du wusstest es«, wiederholst du stattdessen.

Yiannis nickt und taucht seine Hände wieder in die Schüssel.

»Und du findest das normal?!«

»Normal, normal …« Wenn du gut achtgibst, kannst du hören, wie zehn fettige Finger das Huhn massieren. Yiannis massiert mit voller Kraft weiter und sagt: »Was eigentlich ist normal?«

Du schaust so böse, wie du nur kannst. »Warum zieht sie nicht einfach etwas an?«

»Das du musst Gertie fragen.«

»Ich frage aber dich!«

Yiannis seufzt. »Djakos …«

»Nenn mich nicht so!«

»Was?«

»Ich heiße Jakob.«

Yiannis seufzt wieder. »Djakos«, sagt er. »Ich habe genug jetzt erst mal von dieser Gemecker.«

»Jakob!«, wiederholst du. »Ich heiße Ja-kob, habe ich gesagt!« Und danach sagst du noch mehr Sachen, noch viel mehr. Dass es doof ist auf der Insel und auch langweilig, dass dein Vater immer nur Zeit für sich und sein Mistrestaurant hat und dass es besser ist, wenn die dämliche Gertie Leine zieht mit ihrem nackten Arsch (doch, hast du wirklich gesagt). Du sagst, dass du keine Lust hast, nach draußen zu gehen und Leute kennenzulernen, und erst recht nicht, dich zu ändern. Wieso ändern?! Wie kommt Yiannis darauf, dass du dich ändern sollst? Und außerdem muss er doch verstehen, dass du jetzt viel lieber in Thailand wärst, bei Kees und deiner Mutter in ihrem schicken Hotel. »Da ist es wenigstens schön!«, rufst du. »Einfach normal! Das heißt, kein solcher Sauhaufen wie hier, mit so einem dummen, dämlichen …«

»ARKETÁ!«

Es klingt wie ein Kampfschrei der japanischen Samurai, aber es ist Yiannis, auf Griechisch. Bei seinem donnernden Ausbruch spritzen die Öltropfen durch die Küche, dass sogar das Huhn in der Schüssel erschrickt. »GENUG!«, schreit Yiannis in deiner Sprache hinterher.

Du bleibst stehen, wo du stehst – offenbar schon seit geraumer Zeit.

»Du kannst nur meckern?«, tobt dein Vater weiter. »Du denkst, du kommst auf die Insel und dann du und ich, wir feiern zusammen den ganzen Tag miteinander in der Sonne?«

Du traust dich nicht zu reagieren.

»Du denkst, so ist der Leben hier? Du denkst das wirklich?«

Du schluckst, willst Nein sagen und dass du durchaus verstehst, dass er sehr hart arbeiten muss, aber Yiannis ist jetzt wirklich in Fahrt und sein wütender Wörterregen prasselt weiter auf dich ein.

»Wenn du denkst, der Leben hier ist der Faulenzerleben für die verwöhnten Kinderchen, du musst unbedingt so weitermachen, ja? Unbedingt so weitermachen!«

Du schüttelst den Kopf. »Nein.« Es klingt höher und piepsiger, als du willst. »So habe ich es nicht gemeint.« Deine Stimme hat jetzt etwas mehr Klang. »Ich dachte nur …«

»Ja?«, ruft Yiannis einfach durch dich hindurch. »Was denn du hast gedacht? Was? Von dir ich hatte erwartet schon bisschen mehr Denken als das! Dass du kannst denken zum Beispiel, wie das alles hier ist für mich!«

Du weißt nicht mehr, was du sagen sollst, und vielleicht gibt es auch nichts mehr zu sagen. Diesem Sturm von wütenden Sätzen scheinen keine Worte gewachsen. Du hältst den Kopf gesenkt und schaust auf die Fliesen des Restaurantfußbodens, und gerade als du entdeckst, dass ein langer, gowundener Riss in einer dieser Fliesen ziemlich deutlich die Form eines kleinen Katzengesichts hat (was leicht merkwürdig, aber auch total unwichtig ist), öffnet Yiannis wieder den Mund und es kommt der krachendste Donner des ganzen Gewitters.

»Ich habe auch nicht um dich gebeten hier!«

Ganz kurz, wie in einem Gedankenblitz, denkst du, dass du ihn falsch verstanden hast. So gut ist sein Niederländisch nun auch wieder nicht, und welcher Vater würde sich wohl trauen, so etwas vollkommen Krankhaftes zu seinem Sohn zu sagen? Aber noch keine Sekunde später fühlst du, mit was für einer Wucht Yiannis' letzter Satz bei dir eingeschlagen hat und wütend und grimmig in deinem Kopf nachhallt.

Die Fliesenrisskatze auf dem Boden beginnt bösartig zu fauchen. Eine Gänsehaut ähnlich der des toten Geflügels kriecht aus der Glasschüssel über den Boden und die Wände über deine Arme. Du schaust Yiannis lange und starr an und weißt eines sicher: Dieser kochende Mann da in der Küche ist nicht dein Vater.

Arketá. Mehr als genug sogar. Ohne dich umzuschauen, verlässt du das Restaurant und gehst nach draußen.

Du tigerst die Gasse entlang und durch die Straßen. Wenn es möglich wäre, würdest du geradewegs die dreitausend Kilometer zurück nach Hause laufen, aber schon nach einer Minute in diesem dummen Dorf weißt du nicht mehr, wo genau du bist. Alle Straßen und Gassen gleichen sich und so spazierst du eben auf gut Glück in Richtung Meer.

»Hallo«, hörst du auf einmal hinter dir.

Du drehst dich um – noch immer stinksauer natürlich. Tatsächlich kannst du es auch *böse* nennen oder *wütend* oder sogar *rasend* oder *rasend vor Wut.* Aber was immer du auch bist, mit dem Jungen dort auf der niedrigen Steinmauer zwischen der Straße und dem Strand hat das alles sehr wenig zu tun.

Er hat halblanges schwarzes Haar, der Junge, und ein fröhliches, sonnengebräuntes Gesicht. Er trägt eine lange blaue Badehose und zwei abgetretene gelbe Strandlatschen. Sonst nichts.

»Niederländer?«, fragst du vorsichtig.

Der Junge auf der Mauer nickt und schüttelt den Kopf.

»Nicht?«

»Halb.«

Der Junge lächelt und wie von selbst – das heißt, ohne dass du wirklich etwas dazukannst – lächelst du ebenfalls. Es ist, als würde ein nicht vorhandener griechischer Gott deine Mundwinkel an unsichtbaren Schnüren in die Höhe ziehen.

»Genau wie du«, sagt der Junge.

»Wie ich?« Du schaust ihn verwundert an. Weiß der Junge, wer du bist? Du kennst ihn nicht, also könnte man doch davon ausgehen, dass er dich auch nicht kennt.

»Michális«, sagt der Junge.

»Wie bitte?«

Da ist dieses Lächeln wieder, die Schnüre um deine Lippen werden wieder hochgezogen und du bist dir ziemlich sicher, dass der Junge dort auf der Mauer das ansteckendste Lächeln besitzt, das du je gesehen hast. Er legt eine Hand auf seine nackte Brust und sagt: »Michális. Mein Name.«

»Ach ja.« Du nickst. »Ich bin …«

»Jakob«, ergänzt der Junge, der Michális heißt. »Das weiß ich doch.«

»Du kennst mich?« Die Frage klingt merkwürdig, aber noch bevor du dir das überlegen konntest, ist sie dir schon rausgeflutscht.

Michális schüttelt den Kopf. »Du kennst, du kennst …«, wiederholt er. »Ich weiß nicht wirklich, ob ›du kennst‹ ist der gute Wort.« Er hat einen verrückten

Akzent, ein bisschen wie der von Yiannis. »Aber früher doch du hast hier gewohnt, oder?«

»Ja«, sagst du. »Nur weiß ich davon kaum noch etwas. Es ist schon lange her.«

Michális nickt. »Das verstehe ich«, sagt er. »Ich war fünf und das ganze Dorf damals hat über die niederländische Frau geredet, die einfach so mit das Kind fortgeht.«

»Es war nicht einfach so.«

Er nickt wieder. »Die Dinge nie sind einfach so, Jakob. Das ich verstehe gut. Bist du böse?«

Du schaust ihn fragend an, aber er hat dich wohl durch die Straße tigern sehen.

»Auf Yiannis von Elza?«

Das klingt verrückt, *Yiannis von Elza*, gerade so, als wären deine Eltern noch zusammen. Aber für die Leute im Dorf bedeutet es schon sehr lange etwas anderes, und dass dieser Michális aus dem Dorf kommt, ist klar. Er kennt dich, deinen Vater und das Restaurant und er sitzt auf dieser Mauer, als hätte er da schon immer gesessen – als wäre es so ungefähr seine Mauer.

Du zuckst mit den Schultern, aber ehrlich gesagt fühlst du schon im selben Moment, wie die enorme Wut von vorhin langsam schmilzt wie ein Eis in der Sonne.

»Es ist viel zu heiß für böse zu sein«, meint Michális dann auch. »Kommst du mit?«

»Wohin?«

Er schaut dich mit seiner ansteckenden Fröhlichkeit an und ruft: »Ins Meer natürlich, Jakob Zervakis!« Sofort springt er aus seinen Badelatschen und über die Mauer, rennt auf den Strand und saust zwischen den Touristen und Sonnenschirmen hindurch auf das Wasser zu.

Und während du bei den beiden zurückgelassenen Latschen stehst und siehst, wie dieser Michális wild strampelnd auf dem Rücken in den Wellen liegt, merkst du, wie ein einigermaßen merkwürdiges, aber doch keineswegs unangenehmes Gefühl deinen Körper durchströmt. Ein Gefühl, das du – dessen bist du dir sicher – noch nie erlebt hast und für das du deshalb auch nicht genau die richtigen Worte weißt.

Was ist los?«, fragt Gertie.

Du warst gerade noch rechtzeitig zum Essen zurück, und seit du wieder da bist, haben dein Vater (der nicht dein Vater ist) und du noch kein Wort miteinander gewechselt.

»Was los soll sein?« Yiannis tut, als hätte er keine Ahnung, worum es geht.

Gertie schaut ihn erstaunt an. »Woher soll ich das wissen?«, sagt sie. »Aber wirklich gemütlich ist das hier nicht.«

Yiannis nimmt einen großen Mundvoll Salat von seinem Teller.

»Na, jetzt komm schon«, sagt Gertie. »Oder wollen wir uns die ganze Mahlzeit hindurch gegenseitig anschweigen?«

»Ich habe kein Ding zu sagen«, meint Yiannis mit vollem Mund.

Ich auch nicht, denkst du und danach denkst du an Michális mit seinem ansteckenden Lachen.

»Das glaube ich nicht.« Gertie guckt jetzt nicht mehr erstaunt, sondern streng. »Heute früh konnte ich dich noch oben brüllen hören«, sagt sie. »Und ich will mich ja nicht einmischen, aber so spricht man nicht mit einem Kind.«

Yiannis lässt seine Gabel klirrend und ganz bestimmt mit Absicht auf seinen Teller fallen. »Wenn du willst dich nicht einmischen, dann tu es auch nicht.«

»Also, entschuldige bitte!«

»Was entschuldige?«

»Ja, na ja ...«

»Halte du bitte einfach den Mund, ja? Du wirst nicht erzählen mir, wie ich muss meinen Sohn erziehen!«

Gertie sagt nichts mehr, sondern nimmt einen empörten Bissen. Yiannis greift wieder zu seiner Gabel und isst ebenso schweigend weiter.

»Nicht streiten«, sagst du.

»Wir streiten uns nicht«, sagt Gertie.

Du findet es merkwürdig, dass die beiden jetzt auf einmal böse aufeinander sind, und das auch noch deinetwegen. Merkwürdig und eigentlich auch etwas überflüssig. »Ich habe dumme Sachen gerufen«, sagst du darum.

Yiannis schaut kurz von seinem Teller hoch.

»Sachen, die nicht stimmen, meine ich. Dass es hier langweilig ist und dass ich lieber woanders wäre.« Das mit dem Leineziehen und dem nackten Arsch verschweigst du lieber. »Ich hätte das nicht sagen sollen«, fährst du fort. »Entschuldigung.«

Du guckst zu Gertie, auch weil du Yiannis jetzt nicht

anzuschauen wagst. Sie lächelt und nickt und sie traut sich wohl, Yiannis anzusehen, und sagt: »Und du?«

Vorsichtig schielst du zu deinem Vater, der eventuell ja doch dein Vater ist. Er murmelt etwas.

»Was hast du gesagt?«, fragt Gertie.

»Ich war auch komisch heute Morgen«, sagt er. »Das es war nicht gut von mir.«

»Ihr wart beide nicht besonders gut drauf, denke ich.« Gertie klingt erleichtert. »So was kann schon mal vorkommen.«

Yiannis nickt und du fragst: »Darf ich nachher zu Michális?«

Dein Vater (denn ja, das ist er doch wirklich) schaut wieder hoch von seinem Teller. »Welcher?«

Du verstehst die Frage nicht.

»Hier jeder heißt so«, sagt er. »Du meinst Michális von Simon und Anastacía?«

»Das weiß ich nicht«, antwortest du, denn du hast keine Ahnung, wer sie sind. Für dich ist es Michális von der Mauer und Michális vom Schwimmen. Sonst noch nichts.

»Von der Lokal am Strand«, versucht es Yiannis.

»Ja, der.«

Michális hat dir nach dem Schwimmen erzählt, er müsse jetzt seinen Eltern in ihrem Strandlokal helfen. Danach könntet ihr wieder schöne Sachen zusammen unternehmen.

»Da sie machen das schlechteste Essen in der ganze Dorf«, sagt dein Vater. »Aber sie am besten verkaufen das.«

»Na, Yiannis …« Gertie schüttelt den Kopf. »Warum sagst du das jetzt?«

»Weil es ist so.« Er grinst. »Du weißt, was sie schreiben von da?«

Du denkst an die linke Spalte auf Seite 191 in dem dicken Reiseführer auf dem Regal über dem Bett deiner Mutter. In dem Abschnitt über das Dorf werden noch zwei andere Adressen besprochen, dein Blick fiel darauf, als du dir wieder mal das Foto deines Vaters angeschaut hast. Bei *Thálassa* (was »Meer« bedeutet, das steht dabei) sind *die traditionellen Gerichte in Ordnung, aber nicht außergewöhnlich*. Die andere Adresse, das immer volle *Sunset Café*, ist *ein schöner Spot für einen Drink am Meer, aber* – so steht es wirklich da – *die Moussaka dort schmeckt nach Pappe.*

»Das Sunset Café«, sagst du.

»Ja«, sagt Gertie. »Simon und Anastacía sind die allerliebsten Leute, Ehrenwort. Und die Kinder auch übrigens. Wusstest du, dass er aus den Niederlanden kommt?«

Du hältst das für einen Zufall, aber Gertie ist da anderer Ansicht. Ihr zufolge ist das Dorf voll von Fremdbestäubungen.

»Von was?«

»Hier heiratet jemand einen Deutschen«, erklärt Gertie, »und da jemand einen Schweizer. Oder halt jemanden aus den Niederlanden. Schon so viele Jahre gibt es hier Touristen und Leute zum Überwintern, da passieren solche Dinge irgendwann von selbst.«

Deine Mutter war auch irgendwann eine Touristin. Sie spricht nicht über diesen Teil ihrer Vergangenheit, aber du hast einmal aufgeschnappt, dass sie einen Tag vor ihrem Heimflug zufällig deinem Vater über den Weg lief. Und danach ist sie nicht mehr zurückgeflogen, jedenfalls da noch nicht. Dann hat es nämlich eine Fremdbestäubung gegeben.

Yiannis fragt, ob Michális jetzt im Lokal arbeitet und ob du dorthin gehst, und als du das bejahst, nickt er und du darfst natürlich dorthin. »Solche Dinge du brauchst überhaupt nicht zu fragen, Djakos. Ich meine: Jakob«, verbessert er sich sofort. »Geh nur, so oft du willst, die Dinge tun mit Michális.« Mit einem Lächeln fügt Yiannis noch hinzu: »Wenn du mir nur versprichst, dass du isst nie die Pappe dort.«

»Na, na, Yiannis ...!« Gertie schüttelt wieder den Kopf. »Das ist doch nun wirklich nicht nett.«

Aber du versprichst es und dein Vater lächelt dich noch etwas breiter an, und wenn du es dir richtig anschaust, ähnelt es durchaus diesem Lächeln in Schwarz-Weiß, das du schon so schrecklich lange kennst.

Michális ist ein echter Kellner. Er saust mit einem Tablett voller Gläser und Flaschen über die Terrasse, ohne auch nur einen Moment den Eindruck zu erwecken, er hätte viel zu tun. Das Sunset Café ist brechend voll.

»Jakob Zervakis!« Michális winkt mit seiner freien Hand überschwänglich in deine Richtung. »Du bist da!«

Du stehst am Rand der Terrasse und winkst zurück. Natürlich bist du da, das habt ihr doch so verabredet!

»Ich wusste nicht, ob du würdest noch kommen«, sagt Michális, als er vor dir steht.

»Nein?«

Aber noch bevor du fragen kannst, warum nicht und ob du denn auch willkommen bist, dirigiert Michális dich schon zu einem freien Stuhl. »Ich muss noch schnell der Arbeit fertig machen, bis mein Vater kommt«, sagt er. »Du wartest hier auf mich?«

»Ist gut.«

»Bin gleich fertig!«

Du hast eine Flasche Cola vor der Nase und kannst dich nicht daran erinnern, jemals allein auf der Terrasse eines Lokals gesessen zu haben. Das hier fühlt sich verrückt an, aber gar nicht mal so verkehrt. Die Holzbalken an den Rändern sind mit Fischnetzen und großen Muscheln verziert und alle paar Meter ist eine verrostete, aber doch irgendwie gemütliche Lampe aufgehängt. Ab und zu winkt oder lächelt Michális dir zu und dann lachst oder winkst du zurück und er saust weiter zu der nächsten Bestellung.

»Jakob?«

Du hebst den Kopf. An deinem Tisch steht ein Mann.

»Ich bin Simon.« Der Mann gibt dir die Hand und fragt, ob du ihn noch erkennst.

»Ich bin mir nicht sicher ...«

Simon lacht genau wie sein Sohn. »Macht nichts«, sagt er. »Wir finden es jedenfalls großartig, dass du da bist. Micha redet schon tagelang von dir.«

Meint er Michális? Und sagte er »schon tagelang«? Dieser Simon muss sich irren, du bist seinem Sohn erst heute begegnet.

»Der Chefkoch hat erzählt, dass du kommst«, erklärt Simon mit einer leichten Betonung des Wortes *Chefkoch*. Wenn man es so ausspricht wie er, klingt es wie ein selbst erfundener Ehrentitel, wegen dem andere Leute dich auslachen können, und so hältst du es für wahrscheinlich, dass Simon seine eigene Pappe lieber mag als die authentischen Gerichte deines Vaters. Aber was kümmert das dich?

»Und wir haben uns auf dich gefreut«, sagt Simon.

»Ja?«

»Na und ob.« Er nickt. »Micha!« Simon ruft über die Terrasse. »Du kannst aufhören! Schichtwechsel!«

Michális stellt noch ein letztes Bier auf einen Tisch

und kommt dann zu euch herüber. »Hallo Papa«, sagt er. »Tisch vier, sie wollen bezahlen. Und Tisch neun, sie warten noch auf der Essen. Und die Leute da …« Er zeigt auf zwei Frauen, die unschlüssig vor dem Lokal stehen geblieben sind. »Ich glaube, sie suchen einen Platz.«

Simon nickt und steuert sofort auf die Zweiflerinnen zu.

»So«, sagt Michális zu dir. Er wirkt sehr zufrieden. »Und jetzt ich zeige dir das Dorf.«

Ihr geht durch Straßen und Gassen und Michális zeigt dir tausend Dinge. Überall grüßen die Leute mit *jassas* oder *jassu* oder *ja* und dann grüßt Michális zurück und ihr geht wieder weiter.

»Hier wohnen wir.« Bei einem großen weißen Haus bleibt er stehen. »Nächstes Mal ich zeige dir mein Zimmer und das von Liza und Anna und auch unseren Grill auf dem Dach.«

»Wer sind Liza und Anna?«

»Meine Schwestern. Fünf und drei sie sind und auch sehr lieb meistens.« Er geht schon wieder weiter, mit großen Schritten, als wäre nicht genug Zeit, dir alles in dem kleinen Dorf zu zeigen.

»Redet ihr zu Hause Niederländisch?«

Michális schüttelt den Kopf. »Nur Griechisch«, sagt er. »Wohl manchmal ich rede Niederländisch mit meinem Vater, aber mein Niederländisch ist nicht so gut.«

»Findest du?« Deiner Meinung nach spricht er es sehr ordentlich – besser als Yiannis jedenfalls –, und vielleicht ist es dumm, das zu sagen, aber dass es oft ein bisschen schräg klingt, hat irgendwie auch gerade etwas Schönes.

»Etwas Schönes?« Michális lächelt flüchtig und zuckt mit den Schultern. »Ich weiß nicht das … Ich finde, mein Niederländisch könnte besser sein.«

Ihr kommt beim Bäcker vorbei, der Nikos heißt und den ganzen Tag vor seinem kleinen Laden sitzt, weil es in der Bäckerei zu heiß ist. »Nur wenn die Leute kommen Brot kaufen, Nikos ist kurz mal drinnen. Jassas, Nikos.«

»Jassu, Michális.«

Auf einem Schaukelstuhl vor einem alten Haus sitzt ein bärtiger Mann mit Glatze, der euch freundlich zunickt, als ihr vorbeigeht, und der Michális zufolge seinen Platz nie verlässt.

»Nie?«

»In den dreizehn Jahren, die ich lebe, ich habe Herrn Jorgos gesehen noch nirgendwo sonst.«

»Das glaube ich nicht.«

»Und doch das ist so. Kommst du mit?«

Der Platz mitten im Dorf ist so gut wie verlassen. Zehn herrenlose Katzen streunen um eine Mülltonne und eine komplett in Schwarz gekleidete kleine Frau mit einem hölzernen Spazierstock schlurft vorbei. »Sophia ist dreiundneunzig«, sagt Michális. »Und noch immer sie ist die schönste Frau in der Dorf.« Er erzählt, dass jeder das weiß und dass es, wenn man gut hinschaut, auch wirklich stimmt. »Hier wir gehen rein, Jakob.«

Die Straße mit den kleinen Geschäften ist die belebteste von allen. Eigentlich ist sie überhaupt nichts Besonderes, aber wenn man etwas kaufen will, dann hier und nirgendwo sonst. Touristen suchen in dem winzigen Souvenirladen nach Sonnenschutz und Ansichtskarten und eine dicke Frau im Supermarkt wiegt eine Tüte Tomaten ab. Sie winkt euch zu.

Vor einem kleinen Lokal sitzen ein paar alte Männer rauchend hinter ihrem Kaffee.

»Was machen sie mit diesen Perlenschnüren?«, fragst du.

»Du meinst die *komboloi.*«

Fast alle Männer auf der Terrasse haben eine kleine Perlenschnur zwischen den Fingern, die sie in einem fort befummeln und im Kreis wirbeln. Ein Komboloi also, erklärt Michális. Du fragst, ob das, was sie da machen, so etwas wie Beten ist, aber er verneint das. »Die Perlen machen dich ruhig und so du vergisst all deine Sorgen.«

»Hast du auch so ein Ding?«

Michális schüttelt den Kopf. »Das Komboloi ist mehr für wenn du bist … wie sagt man das … erwachsen.«

Ihr kommt bei Metzger Babis und danach an dem Internetcafé vorbei.

»Sind das deine Freunde?« Du zeigst mit einem Kopfnicken auf eine Gruppe junger Burschen, die um ein Moped herumstehen. Der längste von ihnen hängt auf dem Ding und erzählt den anderen irgendwas. Sie sind deutlich älter als du, älter auch als Michális. Ein paar Jungs müssen lachen über das, was sie hören, und wegen der Art, wie sie lachen, hoffst du, die Antwort wird Nein sein.

»Nein.«

Ein Glück.

»Wir gehen weiter.«

Die Führung endet bei der kleinen Mauer, auf der du Michális heute früh zum ersten Mal gesehen hast.

»Meine Freunde sind weg«, sagt Michális. »Viele Leute aus der Dorf fahren für den ganzen Sommer zu den Verwandten auf der Festland.«

»Ich verstehe.«

Dann lächelt Michális. »Aber jetzt du bist hier!«

»Ja.«

»Und ich bin sicher, das wird der sehr schöner Sommer. Morgen ich sehe dich wieder hier, Jaak?«

Jaak. Man hat dich schon öfter so genannt, aber nie klang es so gut wie jetzt.

»In Ordnung«, antwortest du, denn für dich ist es

sehr in Ordnung, und als du kurz darauf allein zurück in deine Gasse gehst, wird dir klar, dass dieser Urlaub mit ziemlich großer Wahrscheinlichkeit ganz anders wird, als du all die Tage zuvor angenommen hast.

KrokodiLE!!!

Elza van Diepen <elza.van.diepen@hotmail.com>

an Jakob

Meinlibling,

Istalles immer noch so schön da bei dir/? Du schickst mir nichts aberr ichglaube das ist sicher ein gutes Zeichen!Entschuldigedie Tippfehler.ichschr3ibe das im Hoitelzimmerauf dem Tabblet von kees!!

Wir habbben jetzt schon 1000 Geschichten(und Fotos) aber davon mehrm wenn wir uns bald wiedersehen.. Axh wie gern würde ich dich mal wieder im Arm halten! Lieber du f3hlst mir wirklich sehr! Es ist fast nicht auszuhalten … Nächstesmal verreis3n wir alle zusammen. Es ist hier so schön! Wir haben Kroikodile gesehen.ehrenwprt! Erzähleich dir alles npch.

Schreibstdu mir zurückm wenn du Zeit hast?Du musst nichtm aber ich würde mich sehr freuenm 3twas zu hören!

Schöne Grüpe von Kees ! (Gruße, nein ich m3ine Grüße)

Einen dicken Kuss vonn Mama

Du bist früh wach, Djakos«, sagt Yiannis. Er zuckt etwas zusammen, weil er dich aus Versehen doch wieder so genannt hat, aber du findest es jetzt nicht mehr schlimm. Ganz im Gegenteil sogar. Wenn du deswegen böse geworden bist, ging es wahrscheinlich um etwas anderes.

Dein Vater beobachtet zufrieden, wie du im Eiltempo deinen Joghurtbecher leer löffelst. »Du hast die Pläne?«

Du nickst, während du den letzten Löffel hinunterschluckst, du hast keine Zeit zu verlieren. »Ich gehe, ja? Bis heute Mittag!«

»Ist gut, Djakos.« (Ein Glück, der Name ist also endgültig wieder da.) »Viel Spaß mit …«

Mit was, hörst du nicht mehr, denn du bist schon nicht mehr im Restaurant und rennst in Badehose und Strandlatschen zum Meer.

Bevor du Michális kennengelernt hast, war der Sommer wie eines dieser selbst gemalten Bilder, die schon vom ersten Bleistiftstrich an misslungen sind, mit jedem anschließenden Rettungsversuch nur noch hässlicher werden und früher oder später zusammengeknüllt im Papierkorb enden. Aber Michális, dieser fröhliche Micha, dreht das Blatt einfach um und ihr fangt auf der anderen Seite zusammen noch einmal neu an.

»Jakob Zervakis!« Michális wartet schon auf der Mauer, natürlich wartet er da. Er lächelt dich an und du ihn. »Was wir wollen machen heute?«

»Wozu hast du Lust?«

»Alles ich finde gut, Jaak.«

»Ich auch, Micha.« (Weil er dich Jaak nennt, traust du dich, ihn Micha zu nennen, und nachdem du den Namen einige Male ausgesprochen hast, denkst du auch schon gar nicht mehr darüber nach.)

Mit Micha fallen einem tausend Dinge ein, die man tun kann. Klettern beispielsweise, in den gigantischen Baum, der unweit der Hauptverkehrsstraße und der Dorfstraße bei dem Fluss ohne Wasser steht und dich immer, wenn du vorbeikommst, ohne Worte (es ist ein Baum und kein Mensch) fragt, ob du auf ihn hinaufklettern magst. Oder Frösche fangen an dem kleinen Bach hinter den Ferienhäusern, in denen die Gäste Tag und Nacht so gut wie sämtliche Lichter brennen lassen, weil sie schlicht nicht daran denken, die mal kurz auszuschalten, wogegen der Ferienhausvermieter Alexandros wiederum nichts zu sagen wagt. Oder eine geheime und ehrlich gesagt auch ziemlich misslungene Hütte in dem Orangenhain bei dem großen Holzstapel zimmern, von dem Micha zufolge fast jeder im Dorf sich im Winter heimlich etwas holt. Oder auf den Eseln des verrückten Stefanos reiten, der, schon so lange sich die Leute erinnern können, in einem selbst gebauten Haus ohne elektrischen Strom wohnt, auf einem Grundstück mit außer den Eseln noch drei Ziegen und einem Hund namens Babis (was ihr sehr witzig findet, Micha und du, denn der Metzger im Dorf heißt auch so). Oder schnorcheln mit der Taucherbrille von Simon, deren Riemen du jedes Mal wieder verstellen musst, wenn Micha mit seinem breiten Schädel sie aufgehabt hat. Oder mit einem Ball und zwei Flaschen auf dem Strand Fußball spielen, bis es nach stundenlangem Herumrennen in der Sonne wirklich zu heiß wird. Oder schwimmen – endlos schwimmen im Meer – weil es eigentlich doch nichts Schöneres gibt als das.

»Schwimmen?«, fragt Micha.

Du lachst und nickst und genau gleichzeitig, als wäre der Startschuss für einen Wettlauf gegeben, sprintet ihr zum Meer. Freunde werdet ihr oder seid ihr. Sehr, sehr gute Freunde sogar. In all den Tagen hat noch keiner es laut gesagt – weder er noch du –, aber offenbar braucht es das auch nicht, denn obwohl du ziemlich wenig Ahnung von Freundschaften hast, zweifelst du keinen Augenblick daran.

»Jaak?«

Du drehst dein Gesicht zu der Strandliege neben dir. Zu dieser Tageszeit ist es meistens zu heiß, um in der

Sonne zu liegen, aber nach einer Stunde im Meer müsst ihr euch unbedingt kurz trocknen lassen.

Micha schaut dich interessiert an und fragt: »Hast du schon mal ein Mädchen gehabt?«

»Wie meinst du das?«

Er lässt seine braunen Arme links und rechts von seiner Liege herabbaumeln und zeichnet mit der linken Hand kleine Figuren in den Sand. »Ein Mädchen«, wiederholt Micha. »Ich meine, eine Freundin.«

Es hat den Anschein, dass er über Liebe reden will, aber gerade das ist ein Thema, über das du so gut wie gar nichts weißt – vielleicht noch weniger als über Freundschaft – und somit auch wenig Sinnvolles darüber sagen kannst. »Und?«, fragt Micha.

Du starrst auf deine nassen Füße, an denen lauter Steinchen und Muschelstückchen kleben und die wie die zwei Türme einer Sandburg am unteren Ende der Strandliege in die Höhe ragen. »Nicht wirklich«, antwortest du dann. »Du?«

Nein, so leicht kommst du nicht davon, denn jetzt will Micha natürlich wissen, was Sache ist. »›Nicht wirklich‹, was meinst du?«

»Wirklich nicht«, verbesserst du dich. Du nimmst den Ball neben dem Stuhl und wirfst ihn von der einen Hand in die andere und zurück, immer wieder, bis er dir aus der Hand und zurück in den Sand fällt. »Ich meinte, wirklich nicht.«

Micha lacht, ohne dass es wie Auslachen klingt, und dadurch lachst du auch und die Liebe ist zum Glück wieder vorbei. Das heißt deine Liebe, denn Micha muss von seiner erst noch anfangen.

»Ich habe ein Mädchen«, sagt er ohne irgendein Zögern in der Stimme.

»Ja?« Du setzt dich auf und siehst, wie seine Augen auf einmal strahlen. Du fragst ihn, wie sie heißt.

»Mein Mädchen sie heißt Puck.«

Puck. So wie Micha es sagt, hört es sich schöner an als alle Mädchen auf der ganzen Welt, so als käme sie von einem anderen Planeten.

»Wo ist sie?«, fragst du. »Mit ihrer Familie auf dem Festland?«

Micha schüttelt den Kopf. »In den Niederlanden.«

Das ist zwar auf der Erde, aber doch weit weg – besonders, wenn man miteinander geht (oder wie immer man das nennt). »Wohnt sie da?«

Micha nickt. »Sie war in der Urlaub in dem Jahr vor diesem.«

»Letztes Jahr.«

»Ja.« Er setzt sich auf. »Mit ihren Eltern.«

»Und dann?«

Micha muss lachen. »Dann was?«

»Was ist passiert?«

»Ganz einfach«, sagt Micha. »Du weißt doch wohl von das?«

»Ja«, sagst du, aber faktisch weißt du überhaupt nichts von das.

»Na also«, sagt Micha.

»Ja, nein«, lässt du dir einfallen. »Ich meine eigentlich, wie ihr euch kennengelernt habt.«

»Ach so.« Er erklärt, dass sie mit ihren Eltern auf der Gästeterrasse des Sunset Café gesessen und er sie bedient hat. »Und dann Puck und ich gehen schwimmen zusammen und dann wieder und dann das ist passiert.«

Was denn genau, fragst du nicht, aber dass es etwas mit Küssen zu tun hat, hältst du für ziemlich wahrscheinlich.

»Sie kommt diesen Sommer wieder her«, sagt Micha auf einmal.

»Echt?«

»Ja.«

»Wann denn?«

»Wenn du bist gerade wieder weg.«

Das heißt, du wirst Michas fast außerirdisches Mädchen nie zu Gesicht bekommen. »Aber …«, du zögerst einen Moment, um die richtigen Worte für die Frage zu finden, die du stellen willst. »Bist du dir denn sicher, dass ihr noch immer … ähm … zusammen seid?«

Micha nickt. »Ganz sicher. Wir haben das ganze Jahr geschrieben die Nachrichten und das Skype gemacht und … wie sagt man das? Zählen hin zu dem Moment, wir sind wieder zusammen.«

Das klingt schön – findest du –, und soweit du es beurteilen kannst, auch sehr nach Liebe. Du fragst Micha, wie alt diese Puck ist.

»Jetzt sie ist dreizehn«, sagt er. »Genau wie ich.«

Es könnte durchaus sein, dass es ein Alter für Liebe gibt. Vielleicht ist es ja etwas, wovon man mit zwölf noch rein gar nichts kapiert und was einem dann ein Jahr später plötzlich sonnenklar wird. Aber je länger du darüber nachdenkst, desto unwahrscheinlicher kommt dir das vor. Micha und sein Mädchen waren letztes Jahr noch genauso zwölf wie du jetzt und da war die Liebe zwischen ihnen ja auch schon da.

»He, Jaak«, fragt Micha. »Wir gehen wieder ins Wasser?«

»Gut.«

»Also dann.«

Und sofort nach dem lautlosen Startschuss springt ihr von euren Stühlen auf.

RE: KrokodiLE!!!

Jakob Zervakis <jakozerva@gmail.com>

an Mama

Grüß dich, Mam

Hier ist alles immer noch gut. Es ist auch noch immer sehr heiß und ich hatte keine Zeit, dir zu mailen, denn ich habe Michális getroffen und er sagt, dass er dich noch von früher kennt. Erinnerst du dich an ihn? Er ist supernett.

Ich bin neugierig auf die Geschichten mit den Krokodilen. Du musst Kees fragen, ob er dir beim nächsten Mal beim Tippen auf dem Tablet hilft, denn deine Mail war schon ein bisschen sonderbar. Oder war das Absicht?!?

Jetzt gehe ich wieder nach draußen; Micha wartet auf mich.

Ich denke, wir gehen schwimmen.

xxx jakKo/vb (kleiner Scherz)

Nachdem die Liebe einmal als Thema auf den Tisch gekommen ist, scheint es, als ob Micha über nichts anderes mehr reden könnte. Er will die ganze Zeit über diese Puck sprechen und du bist da, um seinen Geschichten zuzuhören.

Nicht, dass du das schlimm finden würdest oder so – überhaupt nicht sogar –, denn immer wenn Micha von seinem Mädchen anfängt, bekommst du ein verrücktes, aber schön kribbeliges Gefühl im Körper. Offenbar funktioniert es so, dass jemand, der selbst sehr froh von etwas erzählt, dich dadurch auch froh machen kann.

»Es stört dich nicht, wenn ich rede über sie, oder?«

Du schüttelst den Kopf. Du sitzt mit Micha zusammen auf der Mauer – eurer Mauer – und beobachtest die Touristen am Strand. Vorhin habt ihr noch zwischen ihnen Fußball gespielt, aber als du Michas Flasche umgeschossen hast (4:2 für dich), die Flasche danach wasserspritzend durch die Luft flog und fast auf einer verärgerten deutschen Touristin gelandet wäre, fandet ihr beide, dass es am Strand eigentlich ein bisschen zu voll für Fußball war. Jetzt esst ihr ein Eis vom Eismann Kostas und das Thema ist wieder mal die Liebe.

Ab und zu versuchst du, eine gute Frage zu stellen. »Hast du vorher schon mal ein Mädchen gehabt?«

»Nein«, sagt Micha und leckt an seiner Vanillekugel. »Nur Puck. Aber sie schon. Ich meine, einen Jungen. Er hieß Thomas und das war noch vor mir in den Niederlanden und der war der erste Freund, den sie hatte.«

»Ach.«

»Ja, sie hat erzählt das.« Micha muss grinsen. »Und weißt du, was sie zu mir hat gesagt? Dass ich küssen würde viel mehr besser als er.«

»Ach.«

»Ehrenwort. Und ich hatte gesagt dir schon, dass Puck den Ball kann länger in der Luft halten als alle Jungen, ich kenne?«

Du nickst. »Ja, das sagtest du.«

Je mehr Micha von Puck erzählt, desto mehr siehst du sie auch vor dir. Sie ist ungefähr genauso groß wie er – nur ein bisschen kleiner – und nicht sehr dick und nicht sehr dünn (»genau richtig« nannte Micha es). Sie hat dunkelblonde, lange Haare und superschöne Brüste. Du wusstest nicht, wie »superschöne Brüste« aussehen, aber Micha hat es dir unaufgefordert erklärt.

»Nicht so ganz große, aber auch nicht so ganz kleine und sehr schön sie sind von der Form.«

Du sitzt mit deinem Eis auf der Mauer und denkst nach. Würdest du Michas Wundermädchen gern kennenlernen? Du bist dir nicht sicher, aber was du ganz sicher weißt, ist, dass du noch lange nicht zurück nach Hause möchtest. In gut einer Woche sitzt du wieder im Flugzeug, und um ehrlich zu sein, siehst du dem schon mit Schrecken entgegen.

»Jaak«, sagt Micha. »Ich habe so Lust auf der Moment, Puck ist wieder hier.«

»Das verstehe ich.«

»Ich würde viel geben dafür, du könntest sie sehen.«

Du nickst. »Aber das geht nicht.«

»Nein«, sagt Micha. »Sehr schade.«

Du nimmst einen großen Bissen von dem Eis, das zum Glück so fürchterlich kalt ist, dass dir der Kopf davon kribbelt und dir das Hirn einfriert, was es vorübergehend vollkommen unmöglich macht, an Flugzeuge in den Norden zu denken. »Hast du eigentlich ein Foto von ihr?«

»Natürlich doch habe ich das. Sehr viele sogar.« Micha verspricht, dass er dir zu Hause seine Fotos von Puck zeigt. Er hat sie alle im Computer.

»Dann sehe ich sie doch noch ein wenig«, sagst du, aber Micha schüttelt den Kopf. Fotos zählen seiner Meinung nach nicht und da ist natürlich etwas dran.

»Ich bin verliebt«, sagt Micha aus dem Nichts.

Es sind nur drei Worte und dazu noch so simple, und trotzdem bist du dir alles andere als sicher, dass du selbst dich irgendwann in deinem Leben traust, einmal etwas Derartiges auszusprechen. Micha sagt es mit der

Selbstverständlichkeit eines Satzes wie *Ich habe Durst* oder *Die Sonne scheint* oder *Dein Schuh ist auf*, aber wie er sich da so sicher sein kann, verstehst du nicht. Du selbst weißt nicht einmal, was es überhaupt bedeutet, verliebt zu sein.

»Du bist nie das gewesen?«, fragt Micha.

»Verliebt?« Du tust, als müsstest du mächtig darüber nachdenken. »Vielleicht.« Du wüsstest wirklich nicht, in wen.

»Dann nein«, sagt Micha und schüttelt den Kopf. »Wenn du weißt das nicht sicher, dann das ist auch nicht so.«

»Ach.«

Er lacht, aber nicht auf eine doofe Art. »Das macht nichts«, sagt er und schleckt den letzten Rest von seinem Eis auf. »Als ich sah Puck, ich weiß auch erst zum ersten Mal wirklich, wie verliebt anfühlt. Du, Jaak, wollen wir den Schnorchel holen?«

Du hast das Mittagessen verpasst, zum ersten Mal. Du kommst Stunden zu spät und hast geglaubt, das wäre sehr schlimm, aber dein Vater ist überhaupt nicht böse. »Das es kann passieren«, sagt er. »Du hattest den guten Tag mit Michális?«

»Es war ein großartiger Tag«, sagst du. Einen Moment lang bist du drauf und dran, ihm alles Mögliche über Puck zu erzählen, aber das wäre natürlich völlig daneben, also sagst du stattdessen, dass ihr geschwommen seid und geschnorchelt und anschließend Fußball (4:2) gespielt habt, und dann machst du die deutsche Urlauberin nach, die du aus Versehen fast bewusstlos gekickt hast.

Yiannis muss sehr darüber lachen. »Du hast Lust, mir zu helfen?«, fragt er.

Kurz darauf spielst du den Hilfskoch. Du hast vorher noch nie so etwas gemacht, aber dein Vater meint, du hättest Talent. Er findet, dass du die Kartoffeln perfekt schälst, und wenn du willst – behauptet er –, darfst du das Restaurant später übernehmen.

»Ich werde darüber nachdenken.«

»Gut.«

Beim Schälen schaut Gertie ein paarmal vorbei, und als du sie eine Zeit lang hintereinander etwas genauer beobachtest, denkst du an das, was dein Freund dich mittags am Strand gefragt hat. Es mag ja stimmen, dass du keine Ahnung vom Verliebtsein hast, aber es sieht doch ziemlich danach aus, dass Gertie sich in Yiannis verguckt hat. Immer wenn sie in seine Nähe kommt, benimmt sie sich ein klein wenig verrückt – *verliebt* verrückt, denkst du –, aber irgendwie findest du das gar nicht mal so schlimm.

»Djakos?« In der Tür steht ein Mann und dieser Mann ist dein Vater. »Du bist noch wach?«

Es ist so wahnsinnig heiß im Haus, dass Schlafen schon seit Stunden unmöglich erscheint. Du setzt dich auf in deiner Bettcouch und Yiannis kommt ins Zimmer.

»Was ist?« Du knipst deine Lampe an.

Er bleibt vor der Couch stehen und fragt mit einem seiner krummen Sätze, ob du mitkommst.

»Wohin?«

»Auf der Dach.«

»Jetzt?«

Dein Vater nickt. »Diese Nacht die Mond ist so schön, wie du sie noch nie jemals so gesehen hast.« Er lächelt geheimnisvoll dazu. »Und auf der Dach wir können sie am besten betrachten.«

Du stehst auf und ziehst ein T-Shirt an. Im Flur lehnt eine Leiter, die vorher nicht dort stand und zu einer Luke in der Decke führt, die du vorher nie bemerkt hast. Übrigens war dir auch nie bewusst, dass der Mond eine Frau ist.

Yiannis steigt vor dir die Leiter hinauf, die unter seinem Gewicht knarrt. »Komm.« Er ist oben und drückt die Luke auf. Du stellst deinen Fuß auf die untere Sprosse, nahezu gleichzeitig verschwindet Yiannis mit seinem großen Leib durch das Loch. Deine Mutter hätte immer darauf geschaut, ob du es auch schaffst und ob du nicht fällst und ob du alles so machst, dass es sicher ist. Dein Vater ist nicht so.

Du streckst den Kopf durch die Dachöffnung. Da steht Yiannis, mit dem Rücken zu dir. »Du siehst sie?«

Zusammen schaut ihr euch den Mond an, der so grell ist, dass er dir fast wie die Sonne vorkommt. Du siehst die schmalen Straßen, die keine Laternen mehr benötigen, die leuchtend weißen Häuser und eure eigenen Schatten, die ausgestreckt auf dem Flachdach liegen.

Du hörst das Meer. Überall im Dorf ist das Meer immerfort zu hören, aber nachts auf dem Dach deines Vaters fällt das Rauschen der Wellen viel mehr auf als sonst.

»Mal sehen …« Yiannis geht zu einer unordentlichen Ecke des Dachs und wühlt zwischen irgendwelchen Sachen. »Ja«, sagt er. »Hier ich habe das.« Er zieht eine kleine Wasserflasche aus Plastik hervor und weiter zwei winzig kleine Gläschen, die er mit einem Zipfel seines Hemdes sauber reibt.

»Ist das Wasser?«, fragst du.

Yiannis lacht und schüttelt den Kopf. »Raki. Selbst gemachter. Und sicher nicht der schlechte.« Er erklärt, dass Raki eine Art Wein ist, nur besser. »Der Stolz der Insel«, nennt er es. »Wenn du trinkst der Raki, du wirst klar im Kopf. Und wenn du gehst schlafen, du bekommst, was man nennt die Rakiträume.«

»Was ist das?«

»Rakiträume sind wie dass du schläfst, aber nur du denkst du bist wach. Sehr spannend.«

So langsam dämmert dir, was in der Flasche ist. »Ist es mit Alkohol?«

Yiannis schaut dich erstaunt an. »Natürlich das ist mit Alkohol!«, sagt er. »Was denn, du dachtest, ist der Ding, der das Getränk so gut macht?« Er schraubt den Verschluss von der Flasche. »Komm, du sagst mir, wie du findest zum ersten Mal das probieren.«

»Ich bin zwölf.«

»Ach.« Er wirkt ein klein wenig enttäuscht. »Du denkst, das ist vielleicht zu jung noch für den Raki?«

»Ja«, antwortest du. »Ich will wohl daran riechen. Geht das auch?«

Yiannis hält dir die offene Flasche unter die Nase und allein schon der Geruch lässt dich beinahe umkippen. »Trinkst du das echt?«

Er nickt, gießt eines der beiden Gläser voll und stellt die Gläser und die Flasche auf den Boden. »Du hilfst mir mal?«

Ihr nehmt zwei Stühle aus der Ecke mit dem Gerümpel und stellt sie mitten auf dem Dach nebeneinander.

»So«, sagt Yiannis, als ihr beide sitzt. Er nimmt sein Glas, trinkt einen Schluck von seinem Raki und schweigt dann.

Du blickst über das vom Mond erhellte Dorf hinweg und denkst an Micha und das viele Gerede von seinem Mädchen. Manchmal ist es fast, als wärst du dieser Puck schon begegnet, würdest sie sogar kennen. Es könnte natürlich so sein, dass du sie schon einmal gesehen hast, in den Niederlanden, auf der Straße oder so oder irgendwo anders, und dass ihr da einfach aneinander vorbeigelaufen seid, ohne zu wissen, dass ihr ihr wart.

»Für mich dieser Ort ist der schönste in der Dorf«, sagt Yiannis.

»Sitzt du oft hier?«

Er nickt und nimmt wieder einen Schluck. »Nach der Arbeit hier immer mein Kopf kann leer werden.«

»Leer von was?«

»Von der Arbeit.« Auf dem Dach wird dein Vater also leer von der Arbeit und klar vom Raki. »Dann ich schaue auf der Dorf und die Mond und die Sterne«, fährt er fort. »Und dann ich weiß sicher, eines Tages alles wird gut.«

Es klingt schön, wie er das sagt, aber irgendwie auch ein bisschen traurig. Was denn genau gut werden muss, wagst du nicht zu fragen.

»Du siehst da der Sternbild?«

Du schaust in die Luft. Der Himmel hängt voller Sterne, aber du weißt nichts über Sterne.

»Das ist der Große Bär«, sagt Yiannis. »Mit nahe dort der Kleine.« Er zeigt, welcher Stern zu welchem Sternbild gehört. Zum Kleinen Bär gehört Polaris, der auch Polarstern genannt wird und heller ist als alle Sterne ringsum. Polaris, erzählt dein Vater, steht immer im

Norden. »Ganz früher die Leute im Meer auf den Schiffen wussten schon das und sie brauchen nur zu schauen nach diesem Stern und sie wissen, wie sie fahren.«

»Eine Art Kompass«, sagst du.

Dein Vater nickt und zeigt dir, dass der Große Bär einem Wagen mit Deichsel ähnelt. »Und wenn du schaust gut, du siehst, der Kleine Bär ist auch in dieser Form. Du kennst die Geschichte von diese zwei?«

»Nein.«

»Wirklich nicht?« Yiannis bückt sich nach der Rakiflasche auf dem Boden neben dem Stuhlbein. »Diese Geschichte ist die griechische … wie ist der Wort … der berühmte griechische Mythos.« Er gießt sich wieder ein Gläschen ein und fragt: »Du bist noch nicht müde, oder?«

»Nein, nein.«

»Gut.« Dein Vater nickt. »Dann ich werde dir der Geschichte erzählen.«

Es ist ungefähr fünf Uhr nachmittags, die Sonne glüht immer noch wie eine Tasse viel zu heiße Suppe und du sitzt mit Micha hoch in eurem Kletterbaum bei dem Fluss ohne Wasser.

»Bei wie viel sind wir jetzt?«, fragst du.

»Einundzwanzig«, antwortet er. »Wie lange noch?«

Du schaust auf deine Uhr. Fast dreiundfünfzig Minuten sind vergangen. »Noch lockere sieben.«

»Was ist lockere?«

Micha kann ziemlich gut Niederländisch, aber manchmal auch nicht. »Mehr als, meine ich«, sagst du.

Von euren festen Plätzen im Baum haltet ihr Ausschau nach den Autos, die über die Hauptverkehrsstraße angefahren kommen und allesamt ihre Punkte wert sind. Wenn du näher darüber nachdenkst, ist das eine ganz schön kindische Beschäftigung, aber eigentlich gibt es kaum Gründe, näher darüber nachzudenken. Das Schöne an dem Spiel mit den Autos ist ja gerade, dass es mehr oder weniger gedankenlos gespielt werden kann.

Ein roter Kleinwagen saust vorbei.

»Du hast gesehen das?« Micha sitzt auf einem etwas

höheren Ast als du, weil er sich ein klein wenig höher zu klettern traut oder einfach nur etwas größer ist und deshalb auch etwas leichter an manche Äste heranreicht. »Einen oder zwei?«

Normale griechische Autos sind ein Punkt, Mietwagen – die man an den Aufklebern erkennen kann – zählen doppelt und Autos mit einem ausländischen Nummernschild sogar fünffach, denn die müssen ja ganz umständlich mit dem Fährschiff kommen, weswegen auch nur wenige an eurem Kletterbaum vorbeifahren. Es gibt auch die aus den Niederlanden mit zehn Punkten, aber die sind so selten, dass ihr in all den Tagen erst ein einziges gesehen habt.

»Zwei, glaube ich«, sagst du. »Aufkleber auf der Scheibe.«

»Also gut. Dreiundzwanzig.«

Bei dem Spiel geht es nicht ums Gewinnen. Beim Flaschenfußball muss man mehr Tore schießen als der andere, das Autozählen ist etwas Gemeinsames. Für dich dreht es sich mehr darum, im Baum zu sitzen und ein bisschen zu plaudern, als um die Punkte, aber weil du dir nicht sicher bist, ob Micha auch so darüber denkt, zählst du sie auch weiterhin fanatisch.

»Jaak?«, ertönt es nach ein paar punktlosen Minuten.

»Was ist?«

»Wann noch mal du fliegst zurück?«

»Das fragst du jeden Tag, Micha.«

»Ich weiß.«

»Und?«

»Noch sechs, nicht?«

»Stimmt«, sagst du. »Noch sechs Tage.«

Irgendwann hat Micha damit angefangen. Jeden Tag fragt er mindestens einmal, wann du zurückfliegst, und immer, wenn du ihm dann antwortest, nickt er langsam vor sich hin und sagt genau das, was du selbst ganz stark empfindest.

»Wie schnell das geht, nicht, Jaak?«

»Viel zu schnell. Aber wenn ich fort bin, dann kommt dein Mädchen.«

»Ja, schon«, antwortet Micha. »Das ist schön. Nur ich finde so schade, du bist dann nicht mehr hier. Ich würde sehr gern wollen, du und Puck könntet euch sehen.«

»Ja, das wäre schön«, sagst du, aber ehrlich gesagt bist du dir immer weniger sicher, ob das auch stimmt. Vielleicht ist es gerade gut, dass du abreist, denn wenn Michas Mädchen einmal da ist, wirst du ganz von allein überflüssig. Verliebte Pärchen wollen in schicken Hotels schlafen und stundenlang auswärts essen gehen (oder sonst etwas Romantisches tun, das zu ihrem Alter passt) und da ist es besser, man mischt sich nicht ein.

Ein Lastwagen rast so schnell vorbei, dass der Baum erbebt.

»Vierundzwanzig«, sagst du.

»Vierundzwanzig«, wiederholt Micha.

Vor zwei Tagen habt ihr dreiunddreißig Punkte in einer Stunde zusammenbekommen und das ist der definitive Rekord. Kurz nachdem die Stunde vorbei war, kamen wie in einer kleinen Kolonne hintereinander noch zwei Mietwagen und dazu ein deutsches Auto vorbeigefahren, aber weil das außerhalb der Zeit lag, zählten die drei nicht mehr mit, obwohl du es noch kurz versucht hast und es immerhin neun Punkte waren.

Bei vierundzwanzig erscheint ein Rekord in weiter Ferne. Trotzdem späht ihr wieder beide aufmerksam die Straße ab, auf Punktejagd. Nur noch wenige Minuten und die Stunde ist um.

»Du, Jaak! Schau mal da!«

In der Ferne siehst du etwas Blaues ankommen. Du beobachtest den immer größer werdenden Punkt auf der Straße und es will dir wahrhaftig so scheinen, als wäre das Nummernschild daran ein gelbes. Gelb bedeutet meistens ein Taxi (keine gesonderte Punktkategorie), aber Taxis sehen anders aus.

»Ist es wirklich eines?«, fragst du. »Kannst du es schon erkennen?«

Das blaue Auto kommt immer näher und du denkst, das Nummernschild ist tatsächlich gelb (mit schwarzen Buchstaben und Ziffern), und das heißt, es könnte möglicherweise eines dieser seltenen niederländischen Zehnpunkteautos sein.

Und dann passiert es. Genau in dem Moment, als du dir so gut wie sicher bist, dass ihr einen neuen Rekord aufgestellt habt, ertönt oben aus dem Baum ein Schrei. Einen Moment lang denkst du, Micha hätte das Gleichgewicht verloren und würde abstürzen, aber noch keine Sekunde später rutscht er den Stamm hinunter, landet mit beiden Beinen auf dem Boden und rennt schreiend und winkend auf seinen Strandlatschen über die Straße.

Das blaue Zehnpunkteauto – denn es ist wirklich eins – wird langsamer, bremst ab und muss dann einfach ganz stehen bleiben, weil Micha sich mit einem tänzerischen kleinen Sprung über die Motorhaube wirft.

Du sitzt immer noch auf deinem Ast. Vierunddreißig habt ihr, das ist neuer Rekord, aber der tatsächliche Grund für deinen besten Freund, sich plötzlich so verrückt aufzuführen, sitzt natürlich in diesem Zehnpunkter.

Du schaust hinunter zu Micha und dem Auto. Eine der Türen öffnet sich geradezu überschwänglich.

Aus dem Auto steigt ein Mädchen.

Sie sind zu früh – so viel ist klar –, denn obwohl du sie vorher noch nie gesehen hast, weißt du sofort, was die Uhr geschlagen hat.

Du sitzt immer noch in dem Baum. Du zählst keine

Autos mehr (das Spielchen ist vorbei), aber aus irgendeinem Grund bleibst du sitzen, wo du sitzt. Etwa fünfzig Meter weiter steht ein seltenes Zehnpunkte-Exemplar auf der Straße und von deinem Platz im Himmel aus beobachtest du den Jungen und das Mädchen neben diesem blauen Auto am Straßenrand. Sie umarmen sich schon seit mehr als einer Minute. Küssen sie sich auch? Es ist nicht gut zu sehen.

Eine der vorderen Autotüren öffnet sich, dann auch die andere. Ein Mann und eine Frau steigen aus und die Umarmung ist beendet. Stattdessen allseitiges Händeschütteln und Schulterklopfen. Alle freuen sich, einander zu sehen.

Du sitzt auf deinem Ast und bist dir sicher: *So, das war's.* Von jetzt an braucht Micha dich nicht mehr.

»Jaak?« Der Junge, der schon fast zwei Wochen lang dein Freund ist, ruft in den Baum. »Kommst du?«

Du reagierst nicht.

»Jaak!«, ruft es wieder.

Früher oder später wirst du tatsächlich runterklettern müssen, aber du hältst es für besser, damit noch etwas zu warten. Bis sie weg sind oder so.

»He!« Micha kommt auf den Baum zu, mit seinem Mädchen. Sie halten sich an den Händen, es ist deutlich zu sehen. Die zwei gehören zueinander.

»Jakob?« Micha steht direkt unter dem Baum. »Kommst du jetzt runter?«

»Ich zähle noch«, rufst du nach unten.

»Was zählst du denn?«, fragt das Mädchen.

Wenn man richtig darüber nachdenkt, ist die ganze Autozählerei ein ziemlicher Kinderkram, und wahrscheinlich wird Micha das jetzt auch sagen. Dass es irgendein dummes Spielchen ist und langweilig obendrein. Also mehr was für Kleinkinder.

»Alle Autos sind Punkte«, hörst du deinen Freund erklären.

»Was für Punkte?«

Unter dem Baum werden die Spielregeln erläutert. Micha erzählt von den verschiedenen Punkteständen und dem funkelnagelneuen Rekord.

Das Mädchen lacht. Gefällt ihr das etwa?

»Jaak?«

Langsam verziehen sich die Zweifel aus dem Baum, und mal ganz ehrlich: Runter musst du irgendwann doch, das ist nun mal so. Du rutschst von deinem Ast, dann von noch einem und noch einem, bis du neben deinem Freund auf dem Boden stehst.

»Das«, sagt Micha, »ist Jakob. Mein bester Freund.«

Mein bester Freund. Hat dich irgendwer jemals schon so genannt?

»Und, Jaak …« Micha streckt den Arm aus wie ein Zirkusdirektor, der voller Stolz die nächste Nummer ankündigt. »Das hier ist Puck.«

Du gehst nicht nach draußen, Djakos?«, fragt Yiannis.

Du sitzt auf einem gelb gestrichenen Stuhl vor der halb offenen Restaurantküche und schaust zu, wie dein Vater mit einem sehr scharfen Messer rasend schnell eine Tomate in hundert gleich kleine Würfel schneidet.

»Michális ist nicht da?«

»Doch.«

»Aber?« Eine zweite Tomate zerfällt in zwei Hälften. »Doch nicht der Streit bei euch, oder?«

Du schüttelst den Kopf und eigentlich kannst du es ruhig erzählen. »Puck ist da.«

»Wer?«

Michas Mädchen ist eine Woche zu früh auf der Insel angekommen. Ihr Vater bekam früher frei von seiner Arbeit und da wollte er sofort ins Auto Richtung Süden steigen. Puck hatte Micha nichts davon erzählt, so war es eine Überraschung.

»Seine Freundin«, sagst du.

»Die von der letzte Jahr?«

»Genau.«

Yiannis nickt, er versteht es.

Jetzt, wo diese Puck da ist, sieht alles auf einmal anders aus. Nicht, dass Micha es wirklich so gesagt hätte, aber du bist schließlich nicht verrückt. Gestern unter dem Baum hast du sofort verstanden, dass deine ursprüngliche Angst vollkommen gerechtfertigt gewesen war, denn sofort als Micha dir sein Mädchen vorstellte, wusstest du, dass nichts, aber auch gar nichts von dem, was er die ganzen Tage zuvor von ihr erzählt hatte, erfunden war.

»Ist sie die eine sehr frohe Mädchen?«, fragt Yiannis.

Ja. Genau das ist Puck. Bei ihrem Anblick führten zehn kleine Männchen in deinem Kopf einen spontanen Freudentanz auf. Wahrscheinlich hast du sie wie ein dummes Schaf angelächelt, aber wenn das tatsächlich so war – und ja, das war es, eigentlich bist du dir sicher –, konntest du es einfach nicht ändern. Puck hat genau die gleiche ansteckende Fröhlichkeit wie Micha. Darum passen sie natürlich auch so gut zueinander.

Yiannis ist fertig mit seinen Tomaten. Er legt das Messer hin und sagt: »Wenn du willst, wir können zusammen zum Strand.« Seit du da bist, hat er kein einziges Mal so etwas vorgeschlagen. »Da wir trinken ein Cola. Oder andere etwas du magst?«

»Aber du musst doch kochen!«

»Das kann warten.«

»Nein.« Dein Vater meint es nett, aber ehrlich gesagt hast du zu gar nichts Lust. »Nein, ich werde …« Und gerade als du versuchst, dir zu überlegen, was du denn vielleicht tun könntest, fliegt die Restauranttür auf.

»Jaak?« Da steht Micha. Mit Puck. So nebeneinander strahlen beide noch ein wenig zusätzlich, könnte man meinen. »Wo bleibst du denn?«, fragt er.

»Wir wollen schwimmen gehen«, sagt sie.

Fast hättest du sie gefragt, warum sie dann hier sind und nicht am Meer, aber Yiannis ist schneller und sagt: »Das ich nenne einen wirklichen Zufall.« Du schaust ihn an und siehst ein kleines Lächeln auf seinem Gesicht. »Djakos und ich, wir haben gerade von der Schwimmen gesprochen.«

»Ach ja?«, sagt Micha.

Dein Vater nickt und schaut dich an. »Du wolltest doch gerade an der Badehose ziehen?«

Puck muss über den schiefen Satz lachen und Yiannis fragt, was daran so witzig ist. »Du lachst mich doch nicht aus etwa wegen wie ich rede, oder?«

»Nein, nein«, sagt Puck. Sie klingt sehr vergnügt. »Das würde ich nicht wagen. Seien Sie gegrüßt, Herr Yiannis. Ich bin wieder da, aber ich bin mir nicht sicher, ob Sie mich noch vom letzten Jahr kennen.«

Dein Vater sagt, doch und dass er ein Mädchen wie sie nicht so schnell vergisst und willkommen zurück, und danach schütteln sie sich die Hand.

Du rennst nach oben wegen der Badehose. Keine fünf Minuten später liegen Micha und Puck und du im Meer.

»Wie schön!«, hat Micha heute schon mindestens zehnmal gerufen. Er kann nicht mehr aufhören zu strahlen. »Wie schön, beide ihr seid hier!«

»Ja, nicht wahr?«, sagt Puck. »Schade, dass du schon so bald wieder fährst, Jakob. Aber bis dahin machen wir nur schöne Sachen zusammen, ja?«

»Ja!«, ruft Micha. »Keine Augenblicke um zu verlieren!«

Es ist verwirrend, das in jedem Fall. Micha und Puck sind ein total verliebtes Pärchen – das ist eine Tatsache –, aber sie scheinen nicht einfach nur zu zweit sein zu wollen. Oder besser gesagt: Sie wollen überhaupt nicht zu zweit sein. Manchmal küssen sie sich zwar kurz (nicht lange oder so, also nicht sehr ausführlich), aber beide halten es für vollkommen selbstverständlich, dass du auch die ganze Zeit da bist.

»Gehen wir ein Eis essen?«, schlägt Puck vor. »Ich habe Geld.« Zu dritt geht ihr zu dem kleinen Laden von Herrn Kostas. Du betrachtest das Paar. Sie sind nett, die beiden, und schön dazu. Du fragst dich, ob du jemals zuvor so etwas auf diese Weise von jemandem gedacht hast, und nahezu im selben Moment weißt du, dass es nicht so ist, nie so war.

»Jetzt wir gehen zu meinem Haus«, sagt Micha, als das Eis alle ist. »Ich denke, meine Schwestern können nicht länger warten, dich zu sehen.«

»Liza und Anna!«, ruft Puck. »Ja! Sind sie immer noch so süß?«

»Manchmal.« Micha lacht. »Manchmal nicht.«

Du sagst, du würdest dann zu Yiannis gehen, aber das verstehen Micha und Puck überhaupt nicht.

»Warum?«, fragt Micha.

»Willst du nicht mit?«, fragt Puck.

Du zuckst mit den Schultern.

Micha schüttelt den Kopf. »Du hast auch noch immer nicht gesehen der Haus und meine Schwestern, Jaak. Du kommst mit uns mit, ja?«

Es ist klar, dass hier kein Sträuben hilft, also geht ihr zu dritt.

In dem Garten vor dem großen weißen Haus spielen zwei kleine Mädchen. Sobald sie Puck sehen, lassen sie alles stehen und liegen und kommen auf sie zugerannt. Michas kleine Schwestern stürzen sich auf sein Mädchen wie auf ihr allerliebstes Kuscheltier und umklammern ihre Beine. Puck muss lachen. Du siehst, wie die Mädchen beide eine von Pucks Händen fassen und sie mit zu ihrem Spielort zerren.

»Komm.« Micha folgt ihnen. »Jetzt ich zeige dir der Haus.«

Drinnen sitzt Anastacía in einem dunklen Zimmer an einem großen, runden Tisch hinter einem Laptop. Der riesige Fernseher gegenüber der Couch läuft, aber sie achtet nicht darauf. Micha sagt etwas zu seiner Mutter und sie zu ihm, und du nickst und lächelst, weil sie nur Griechisch spricht und du deshalb nicht recht weißt, was außer zu nicken und zu lächeln du sonst tun könntest.

»Hier schlafe ich.« Während Puck mit Liza und Anna im Garten spielt, zeigt Micha dir sein Zimmer. Es ist eine andere Art von Zimmer als dein eigenes zu Hause, aber gleichzeitig auch nicht. Es gibt gerade genug Platz für ein Bett, einen Schreibtisch und einen Schrank – genau wie bei dir –, aber hier hängen keine Poster aus Donald-Duck-Heften an der Wand und es ist auch nicht so gigantisch unordentlich.

»Und?« Micha setzt sich auf den Holzhocker vor dem Schreibtisch.

»Ja«, sagst du. »Nettes Zimmer.«

»Jaak!«, meint er lächelnd. »Das ich meine doch nicht!« Sein Grinsen wird breiter und er fragt: »Was du findest von meinem Mädchen?«

»Ach. Äh …«

»Das für mich ist wichtig, Jaak.«

»Echt?«

»Ja natürlich!« Micha schaut dich sehr ernst an. »Du bist mein bester Freund!«

Micha bezeichnet dich jetzt schon zum zweiten Mal innerhalb von zwei Tagen als seinen besten Freund und wieder hast du keine Ahnung, wie du darauf reagieren sollst. Oder na ja, vielleicht weißt du es doch, aber dann ist es so, dass du dich nicht traust, weil es aus deinem Mund irgendwie ganz schön eigenartig klingen würde. Besser, du versuchst, seine Frage zu beantworten. »Sie ist …«, beginnst du.

»Ja?«

»Puck ist …« Puck ist alles, wovon du bisher nicht gewusst hast, dass ein Mädchen das sein kann. »Sie ist sehr nett«, sagst du.

»Ja, nicht?«

»Ihr beide passt zusammen.«

Michas Gesicht strahlt. »Findest du?«, ruft er. »Das ich finde ja auch!«

Und ob du das findest, und du findest noch so viel mehr. Sie ist nett, diese Puck, und witzig und stark und schön, und sie kann dir das Gefühl geben, dass du selbst das alles auch bist – auch wenn das gar nicht mal unbedingt stimmt. Puck, denkst du, ist eine Art umgekehrter Maurer. Sie baut keine Mauern, sondern reißt im Gegenteil die Steine, die du selbst in all den Jahren sorgfältig um dich herum aufgeschichtet hast, in einem rasanten Tempo ab, und zwar genau so lange, bis sie den gefunden hat, der hinter der Mauer steckt.

Noch nie zuvor bist du zwei solchen Menschen begegnet. Noch nicht mal einem! Da ist ein griechischer Gott oder doch wenigstens Halbgott, also kann sie eigentlich nichts anderes sein als eine Göttin. Ja, du bist dir sicher: Micha und Puck passen perfekt zusammen.

kurze Nachricht

Elza van Diepen <elza.van.diepen@hotmail.com>

an Jakob

Grüß dich, mein Schatz,

kurze Nachricht von Mama. Morgen fliegen wir wieder zurück nach Hause.

Kees hilft mir jetzt beim Schreiben, denn ich kapiere nichts von diesem Gerät (das stimmt tatsächlich, Jakob, sie kommt damit nicht gut zurecht, tippe ich jetzt. Ich = Kees).

Meinst du Michális von Simon und Anastacía? Richte ihm viele Grüße von mir aus!

Bis bald, mein Herz. Ich freue mich sehr, dich wiederzusehen, das kannst du dir sicher denken.

Einen dicken Kuss von Mama (und schöne Grüße von Kees, tippe ich wieder = Kees)

Verrückt, wie sich alles vom einen Tag zum nächsten ändern kann und gleichzeitig doch bleibt, wie es ist. Die Tage mit Micha gehen fast wie von selbst in die Tage mit Micha und Puck über und der einzige große Unterschied ist der, dass von den letzten nur noch so wenige übrig sind. Die Zeit hast du abgelegt (deine Armbanduhr liegt jetzt mit deinen Comics unten in deinem Koffer), aber das Gefühl der Endlosigkeit ist längst verschwunden und dein Rückflug kommt immer näher.

»Nicht daran denken, Jakob«, meint Puck. »Ach übrigens, zeigt ihr mir noch eure verrückte Hütte?«

Zu dritt geht ihr vom Strand zum Orangenhain und durch die Straße mit den kleinen Geschäften. Sämtliche Mopedjungs sind auch da. Sie bevölkern den Gehweg vor dem Internetcafé und schauen gelangweilt in die Gegend. Einer von ihnen ruft euch etwas zu, auf Griechisch natürlich. Micha reagiert nicht, aber du bist dir sicher, er hat es auch gehört.

»Was sagt er?«, fragt Puck.

»Nichts.« Micha schaut stur geradeaus. »Einfach weitergehen.«

Ein anderer Junge ruft auch etwas. Es klingt herausfordernd und Puck ruft auf Englisch zurück, was ihr Problem sei.

»Nicht tun das«, sagt Micha leise. »Lass sein jetzt.«

Aber es ist schon zu spät.

»No problem!« Die Jungs grinsen. Warum meint sie, es gäbe ein Problem?

Puck und die Jungs reden Englisch miteinander. Sie fragen sie, ob sie mit hinten aufs Moped will. Sie sagt danke, nein. Wirklich nicht? Nein, wirklich nicht.

»Sehr gut.« Micha ist schon ein paar Schritte voraus, er will weitergehen, aber das Gespräch ist noch nicht zu Ende. Die Mopedjungs wollen jetzt wissen, warum nicht, warum Puck keine Spritztour machen will.

»It's fun«, sagt einer von ihnen. Seiner Meinung nach ist es schöner, als sich mit diesen beiden dummen *malákas* abzugeben. Dabei deutet er mit einem Kopfnicken auf Micha und dich, und mit der Hand macht er eine schmutzige Geste in der Höhe seines Hosenstalls. Die anderen Jungs müssen sehr laut darüber lachen.

»I don't understand you«, sagt Puck. *»Goodbye.«* Sie dreht sich um und der Junge mit der ordinären Geste zischt mit der Zunge zwischen den Zähnen.

»Fuck you!«, ruft Puck hinter sich.

»Yes, yes!«, ruft der Zischjunge zurück. Er hält das für eine gute Idee, was die anderen Jungs wiederum sehr, sehr witzig finden.

Aber Micha nicht. Ohne dass du es bemerkt hast, ist er direkt vor diesen Jungen gesprungen. Er fasst ihn bei seinem T-Shirt, hält ihm seine geballte Faust direkt vors Gesicht und feuert ein paar wütende griechische Worte auf ihn ab. Du verstehst nichts davon, aber was er sagt, ist auch so klar: Sie sollen sein Mädchen nicht dumm anmachen. Sondern das Maul halten. »Okay?«, schreit Micha dem Jungen ins Ohr. *»Endáksi?* Okay?«

Er hat es verstanden. Sie alle haben es verstanden. Niemand lacht mehr und der Zischtyp nickt sehr ernst mit dem Kopf. Micha lässt das Shirt los und dreht sich um. »Jetzt wir gehen«, sagt er zu Puck und dir. »Los, kommt!«

Ihr entfernt euch wortlos von den Typen, aber dann schallt noch ein griechischer Satz durch die Straße.

Du siehst, wie Micha erstarrt, sich umdrehen und zurücklaufen will, aber Puck hält ihn fest, und hätte sie ihn nicht zurückgehalten, hätte es ganz bestimmt doch noch eine Prügelei gegeben.

»Was hat der eine am Schluss gerufen?«, fragst du. Ihr seid schon im Wald und so sehr viel habt ihr nach den Mopedjungs noch nicht zueinander gesagt.

»Nichts. Dummes Zeug. Sie sagen, meine Mutter wäre …« Micha zögert. »Dass sie wäre … Wie sagt man das? Ich denke, *Schlampe* ist der Wort.«

»Verdammt«, sagt Puck. »Diese Idioten.«

Micha nickt. »Das sie sagen immer, weil sie denken, es ist witzig.«

»Lass sie doch rufen.« Puck weiß es mit Bestimmtheit: »Sie haben kein Hirn.«

Micha nickt und du denkst darüber nach, was du selbst tun würdest. Wahrscheinlich würdest du solchen Typen für immer aus dem Weg gehen. Du würdest dich unsichtbar machen und sicher nicht das tun, was Micha getan hat. Wenn sie dich nicht sehen können – so deine Erfahrung –, hört ihr dummes Gehabe von selbst auf. Du fragst Micha, was das Wort bedeutet.

»Welches Wort?«

»Maláka?«

»Ach, das.« Er denkt kurz nach. »Hier alle Jungen sagen diese Wort zueinander den ganzen Tag. Als eine Art Witz. Es ist eigentlich mehr der Schimpfwort, ich weiß nicht mal, wie der Wort ist auf Niederländisch. Ich denke, *maláka* bedeutet so etwas wie Trottel.«

»Trottel?«

»Ja, nur schlimmer.«

Du verstehst es. Für die Mopedjungs sind Micha und du zwei kleine Idioten, so ist es, aber egal, wie du darüber nachdenkst, es kratzt dich wirklich in keiner Weise.

Ihr beide zeigt Puck euer misslungenes Holzhaus.

Sie kann darüber nur lachen. »Das soll eine Hütte sein?«

»Doch, so war es gedacht.«

Das erbärmliche Ding macht echt nichts her. Ihr müsst alle drei darüber lachen.

»Wir können die neue bauen«, schlägt Micha vor, aber eigentlich hat keiner von euch richtig Lust dazu.

Ihr spaziert weiter durch den Wald. *Spazieren gehen:* Du fandst das immer ziemlich stumpfsinnig, aber selbst das wird zusammen mit Puck und Micha zu etwas Schönem. Unterwegs plaudert ihr über alles Mögliche, und obwohl sie deutlich mehr sagen als du, hast du keinen Moment das Gefühl, als würde es dich nicht geben oder als wärst du den anderen egal.

»Warum machen sie so einen Krach?«, fragt Puck.

»Wer?«, fragt Micha.

Verrückt, dass ein Geräusch, das die ganze Zeit da ist, offenbar dennoch aus deinen Ohren verschwinden kann. Erst als Puck davon anfängt, verstehst du, dass sie die Grillen meint, und hörst zum ersten Mal nach langer Zeit wieder deren ohrenbetäubendes Gezirpe.

»Nicht alle sie tun das«, sagt Micha.

»Was meinst du damit?«

Der Lärm kommt nur von den männlichen Grillen, erklärt er. Das Geräusch entsteht, wenn sie ihre Flügel gegeneinander reiben.

»Aber warum tun sie das?«

»Für der Eindruck machen auf die Weibchen.«

Puck muss lachen. »Und das funktioniert wirklich?«, fragt sie. »Mögen die Weibchen dieses Geräusch denn?«

»Ich denke das.«

»Merkwürdige Tiere.«

Es geht noch verrückter, denn Micha erzählt von einer Grillenart, die erst so ungefähr zwölf Jahre unter der Erde bleibt und danach mit nur einer Mission an die Oberfläche kommt. Diese Grille zirpt und zirpt, um ein Weibchen zu finden, und nachdem das geklappt hat, stirbt sie.

»Ehrlich?«

Er nickt. »Das Weibchen sie erobert in den paar Wochen.«

»Und was, wenn nicht?«, fragt Puck. »Was, wenn das Weibchen keine Lust auf diese Grille hat?«

Micha ist sich nicht sicher. »Ich denke, dann sie stirbt auch.«

»Oder sie kriecht wieder unter die Erde«, sagst du.

»Ja.« Er nickt wieder. »Kann auch sein.«

»Ach was«, meint Puck. Sie glaubt es nicht. »Wenn du endlich oben bist, gehst du doch nicht mehr zurück! So verrückt kann keiner sein.«

Ihr kommt an dem riesigsten Baum vorbei, den du je in deinem Leben gesehen hast. Ein Märchenbaum ist es, ein steinalter Märchenbaum.

»Wir wollen hinauf?«, fragt Micha. Er schaut dich an.

Der Baum ist hoch. Zu hoch, denkst du. »Ich

weiß nicht.« Du zögerst. »Das schaffen wir vielleicht nicht.«

»Denkt ihr?« Puck nähert sich dem dicken Stamm, setzt ihren Fuß in einen Spalt und drückt sich hoch bis zum untersten Ast. Sie umfasst ihn und klettert weiter hoch. »Kommt schon, ihr Weicheier!«, ruft sie. »Oder traut ihr euch nicht?«

Micha schaut zu dir und du schaust zu Micha. Und dann, ohne etwas zu sagen, rennt ihr gleichzeitig zu dem Baum und beginnt hochzuklettern.

Du stehst auf der einen Seite, Micha auf der anderen. *Ihr klettert um die Wette*, durchzuckt es dich. Niemand hat es laut gesagt, aber du fühlst es einfach und bist dir fast sicher, Micha fühlt es auch.

»Na, kommt ihr zurecht?«, klingt es von oben.

Micha schweigt und du sagst auch nichts. Ihr seid viel zu sehr damit beschäftigt, euch einen Weg nach oben zu suchen, und wenn möglich, bitte auch etwas schneller als der andere. Micha legt Tempo zu, siehst du. Es ist kein großer Unterschied, aber er ist schon etwas höher, und wenn es so weitergeht, also auch eher oben.

Nicht verlieren, denkst du. *Nicht jetzt.* Du schaust zu dem Baum, zu den Ästen, deinem Weg und dann wieder zu Micha. Der bleibt kurz stehen, er weiß nicht mehr weiter.

Mit einem fast unmöglichen Schwung deines Armes

greifst du an deiner Seite des Baumes nach einem Ast. Du spürst eine warme Hand: Micha mit seinen langen Armen hat im selben Moment denselben Ast gefunden. Ihr schaut euch kurz an. Er lacht. Du lachst. Dann hievt ihr euch zum nächsten Ast hinauf, dann wieder zum nächsten und zum letzten, bis ihr neben Puck seid, die mit einem zufriedenen Gesicht in die Ferne späht.

Unentschieden, denkst du.

Und Puck sagt: »Seht euch das an!«

Da sitzt ihr, zu dritt oben in einem Märchenbaum.

»Das hier ist schön«, sagt Micha.

»Sehr schön«, sagst du.

Ihr schaut hinaus aufs Meer, das von keinem anderen Ort in der ganzen Welt so aussieht wie von diesem Baum.

»Ich bleibe hier sitzen, bis es dunkel wird«, behauptet Puck. »Von hier aus kann man nämlich die Sterne sehen und das will ich schon mein ganzes Leben lang. Ich meine, ohne Licht von der Erde aus. So dass man Milliarden sieht.«

»Wir können ein Baumhaus bauen«, überlegst du laut. Es ist natürlich nicht ernst gemeint, aber Puck und Micha finden die Idee prima.

»Dann bleibe ich für immer in diesem Baum«, sagt Puck.

»Ich auch«, sagt Micha.

»Ich auch«, sagst du.

Nein, du weißt auch, dass das nicht geht, aber in diesem Moment wünschst du dir wirklich nichts lieber, als den Rest deines Lebens mit den beiden in einem Baum zu sitzen und gemeinsam das Meer oder die Sterne anzuschauen. Und warum genau, weißt du nicht, aber auf einmal fällt dir ein, was Micha von diesen seltsamen unterirdischen Grillen gesagt hat, und du bist dir ziemlich sicher: Nach all den Jahren wieder zurückzukriechen wäre in der Tat lächerlich.

Den ganzen Morgen über hat schon etwas Unheilverkündendes in der Luft gelegen, und als die Wolken aus den Bergen getrieben kommen und direkt über dem Dorf hängen bleiben, bricht das Unwetter los.

»Na, das wird sie aber freuen«, sagt Puck. Sie meint ihre Eltern, die frühmorgens zu zweit zu irgendeiner ganz besonderen Ausgrabungsstätte gefahren sind. Während ihr trocken und geschützt in ihrem Ferienhaus sitzt, versinken sie wie die Zombies im Schlamm.

»Aber dieser Regen ist gut für der Dorf«, sagt Micha. »Die Bäume und Pflanzen bekommen kein Wasser schon für Monate.«

»Hast du vor, jetzt die ganze Zeit dazwischenzureden?«, fragt Puck.

»Du hast angefangen.«

Sie muss lachen. »Nein, du!«

»Ruhe jetzt.«

»Ja, ja, schon gut.« Puck knufft Micha gegen die Schulter, er kitzelt sie daraufhin unter den Rippen, bis sie kichert. »Hör auf, Micha!«

»Du hast angefangen.«

Auf der Couch gegenüber dem Fernseher ist gerade mal genug Platz für drei. Puck sitzt in der Mitte zwischen Micha und dir und irgendwie ist es wie in einem viel zu vollen Auto am Ende einer Party, wenn man nach Hause gebracht wird und zwischen den anderen Kindern eingeklemmt sitzt. Aber anders als auf so einer grässlichen Rückbank fühlt sich Pucks warmes Bein an deinem merkwürdigerweise einfach nur gut an.

Ihr seht zusammen einen Gruselfilm. Es liegen noch viel mehr Filme da, aber als Puck sagte, sie könne Horror überhaupt nicht ertragen, war die Wahl schnell getroffen.

»Nein, Micha. Den eben genau nicht!«

»Doch, den wir schauen uns jetzt an. Jaak und ich beschützen schon dich.«

Draußen regnet es Stuhlbeine (Bindfäden, dachtest du, aber Micha meint, es wären doch wirklich Stuhlbeine) und drinnen schwanken die Zombies über den Bildschirm.

»So ein Mistfilm«, sagt Puck auf einmal und schüttelt den Kopf.

Micha versteht es nicht. »Ein was?«

»Das ist kompletter Schwachsinn.« Sie deutet mit einem Kopfnicken auf den Fernseher. »Angefangen hat es mit ein paar wenigen und dann waren es mit einem Schlag hundert. Wetten, dass am Ende jeder so ein Zombie ist?«

»Bis auf eine Person«, sagst du.

Puck und du seid euch sicher. Diese blonde Frau in dem glänzend schwarzen Anzug wird den Film natürlich überleben und in Teil zwei kommt dann ihre Rache.

»Ab da schlachtet sie die Zombies allesamt ab«, behauptet Puck.

»Aber dann kommt so ein Mann«, sagst du.

»Ja.« Puck nickt. »Und der ist dann plötzlich doch kein Zombie geworden und dann verlieben sie sich.«

»Aber erst rettet sie ihn einmal und danach er sie.«

»Genau«, sagt Puck. »Und in Teil drei kommt dann ein anderer Mann, und als sie sich zwischen den beiden entscheiden muss, stirbt plötzlich einer von ihnen.«

»Durch einen Zombie.«

»Den letzten Zombie, genau.«

»Den hatten sie im Teil davor abzuschlachten vergessen.«

»Stimmt.«

Das Bild bleibt stehen, die Zombies bewegen sich nicht mehr.

»He, hallo!« Micha fuchtelt mit der Fernbedienung. »Schauen wir uns den Film noch an oder nicht?«

»Nein«, sagt Puck. »Wir wissen nämlich schon alles. Oder, Jaak?«

Jaak. Nur Micha nennt dich so, aber sie jetzt also auch.

»Und außerdem, Micha«, fährt Puck fort. »Wir wollten Jakob doch noch etwas fragen!«

»Ach ja!« Micha klickt, ohne hinzusehen, den Bildschirm auf Schwarz. Du fragst dich, was jetzt wohl kommt. »Ja, schau, Jaak …«, beginnt Micha. »Ich war ein bisschen nachgedacht, ja …«

»Wir«, verbessert ihn Puck. »Wir haben nachgedacht.«

»Worüber denn?«

Micha schaut zu Puck und Puck zu Micha. Dann schaut Micha dich an und sagt: »Du fliegst schon in zwei Tagen wieder zurück, oder?«

»Ja.«

»Aber wir waren also nachgedacht, du kannst auch nicht fliegen.«

»Was?«

»Ob du bleibst«, sagt Puck.

»Ja.« Micha nickt. »Das ist der Ding, wir wollen fragen.«

Du verstehst es nicht. Wieso bleiben? Dein Flugzeug geht demnächst und du hast schon einen reservierten Platz und so ein Ticket kann man echt nicht mal eben absagen oder umändern, und selbst wenn man es kann, ist es bestimmt unsinnig teuer, und deine Mutter ist sehr gegen unsinnig teuer und Yiannis hat kein Geld und du selbst auch nicht, oder jedenfalls nicht genug für ein neues Flugticket.

»Du kannst doch mal fragen«, schlägt Puck vor.

»Ja. Nein.«

»Warum nicht?« Micha schaut dich erwartungsvoll an. »Findest du unsere Idee nicht gut?«

Du schweigst, weil du nachdenken musst. Wenn du ganz ehrlich bist, hat sich noch keine Idee jemals besser angehört, aber es geht einfach nicht, außerdem ist die Wahrscheinlichkeit groß, dass es Micha und Puck zwar jetzt noch mit dir gefällt, sie aber früher oder später genug von dir bekommen und lieber zu zweit sein wollen. Je länger du darüber nachdenkst, desto logischer erscheint dir das.

»Es ist gut, wenn ich fliege«, sagst du.

»Gut?«, rufen Puck und Micha im selben Augenblick.

»Warum gut?«, fragt Micha.

»Wieso denn gut?«, fragt Puck.

Du zuckst mit den Schultern. »Ich weiß nicht ...« Du zögerst. »Ich dachte, ihr wollt ja auch endlich mal allein zusammen sein. Zu zweit, meine ich.«

»Du spinnst!«, ruft Micha. »Wie kannst du denken das?«

»Na ja ...«

Puck schüttelt den Kopf. »Jakob«, sagt sie. »Wir wollen im Gegenteil sehr gern, dass du bleibst.«

»Echt?«

»Echt«, sagt Puck.

»Echt sehr gern«, sagt Micha.

Und dann plötzlich hörst du dich sagen, dass du eventuell ja mal fragen könntest.

»Ja!«, ruft Micha. »Ja, ja, ja, ja!« Er springt von der Couch und vollführt einen Tanz durchs Zimmer. »Du bleibst, er bleibt! Jakob bleibt!«

Die schwankenden Zombies haben Platz gemacht für deinen hüpfenden Freund. Puck und du fangt an zu lachen und du fühlst, wie *eventuell* sich in deinem Kopf schon in *vollkommen sicher* verwandelt. »Ich werde fragen«, sagst du. »Echt.«

Puck meint, das solltest du dann aber möglichst schnell tun.

Micha meint, *möglichst schnell* bedeutet *jetzt gleich*. »Wir gehen zu Yiannis«, sagt er.

»Aber es regnet Stuhlbeine.«

»Na und?«

Ihr lasst die Zombies in dem Ferienhaus zurück und rennt durchs Dorf. Puck vorneweg, dann Micha, dahinter du.

Puck breitet die Arme aus und fliegt über einen einsamen Fluss, der für genauere Beobachter wahrscheinlich einfach die Straße ist. Micha breitet die Arme aus und du machst es ihm nach.

Drei kleine Flugzeuge segeln eins nach dem andern durch den warmen Sommerregen. Der vordere Flieger macht eine Kurve, die beiden anderen folgen. *Das hier ist noch kindischer als Autos zählen,* durchzuckt es dich, aber eine halbe Sekunde später steigst du schon wieder ein Stück in die Luft und der flüchtige Gedanke fliegt auf und davon.

»Bleiben?«, fragt Yiannis, als ihr tropfnass vor ihm steht. »Du bist sicher?«

Du sagst Ja und dann seht ihr im Internet nach, ob das Ticket geändert werden kann. Es geht und es ist gar nicht mal so wahnsinnig teuer. Genau zwei Wochen länger kostet nur fünfzig Euro mehr.

»Wenn Elza ist einverstanden, ich bin es auch«, sagt Yiannis. »Und dann auch ich bezahle.«

»Yes!«, ruft Micha.

»Also anrufen«, sagt Puck. »Deine Mutter. Jetzt sofort.«

Ihr sitzt an dem Fluss ohne Wasser und Micha hat gerade von den Festen erzählt, die früher dort stattfanden. Dann füllte sich der mittlerweile überwucherte Fußballplatz mit Stühlen und Tischen, sagte er, und die Leute kamen aus allen Dörfern der Umgebung angefahren, um bis tief in die Nacht miteinander zu tanzen.

»Mein Vater gibt ein Fest«, sagst du. »Diesen Samstag.«

Puck hebt überrascht den Kopf. »Was für ein Fest?«

»Ein Bleibefest.«

»Wollte er denn fort?«

»Nein, ich. Aber jetzt bleibe ich ja.«

Es ist wahr – so wahr, so hinreißend wahr –, und nachdem du angerufen hattest und alles geregelt war, fand dein Vater, das müsste jetzt aber auch gefeiert werden.

Micha meint, die Feste von Yiannis seien berühmt. Das ganze Dorf sei dann immer auf den Beinen. »An diesen Abenden alle Erwachsenen spielen verrückt«, sagt Micha und erzählt, er selbst hätte vor einigen Jahren bei so einem Fest deines Vaters zum ersten Mal in seinem Leben Wein getrunken.

»Diesmal kommen sehr gute Musiker aus Athen«, sagst du, denn das hast du Yiannis gestern Abend in triumphierendem Ton jedem Restaurantgast gegenüber verkünden hören.

»Schön.« Puck schaut zufrieden. »Das heißt natürlich, wir kommen.«

Micha nickt und du ebenfalls und ihr blickt alle drei zu dem ehemaligen Fußballplatz ein Stück weiter, wo unsichtbare Leute in ihren schönsten Kleidern sich schwungvoll im Takt einer lautlosen Musik bewegen.

»Ich spiele auch«, sagt Micha aus dem Nichts.

Puck und du schaut ihn fragend an.

»Lyra«, erläutert Micha. »Ein wenig.«

»Du spielst ein Instrument?« Puck klingt erstaunt.

Er nickt. »Ja, Lyra.«

»Echt?«

Er nickt nochmals.

»Und wieso weiß ich das nicht?!«

Micha zuckt mit den Schultern. »Du weißt nicht alles«, sagt er mit einem Lächeln.

»Wie lange schon?«, fragst du.

»Bist du gut?«, fragt Puck. »Spielst du uns was vor?«

»Fragen, Fragen ...« Micha lächelt wieder.

»Du bluffst«, sagt Puck.

»Ich mache was?«

Puck knufft ihn gegen die Schulter. »Das denkst du dir bloß aus«, sagt sie. »Ich glaube dir keine Spur.«

»Keine Spur?« Micha grinst, aber Puck steht auf, stellt sich direkt vor ihn und stemmt die Hände in die Hüften.

»Hast du zu Hause so eine Lyra?«, fragt sie.

»Natürlich ich habe das.«

»Dann geh und hole sie.«

»Nein, nein …« Micha lacht immer noch. »Später mal, ja?«

Puck ist nicht einverstanden, und um ehrlich zu sein, wirst du jetzt auch so langsam ziemlich neugierig.

»Lieber, lieber Micha«, sagt Puck in einem Ton, mit dem sie ihn deutlich auf andere Gedanken zu bringen versucht. »Würdest du bitte-bitte deine Lyra holen und uns etwas darauf vorspielen?«

Wenn du in diesem Moment dein Freund wärst, könntest du ihr nichts abschlagen.

»Ich weiß nicht …«, sagt Micha, aber er klingt, als hätte er sich schon umstimmen lassen.

»Wir würden es sehr gern hören«, fährt Puck fort. »Oder, Jaak?«

Du schaust zu Micha. Er sieht dich an, nickt kurz und steht dann auf.

»Ja!«, ruft Puck. »Er tut es!« Sie umarmt Micha und du siehst, wie sie ihm einen Kuss gibt. Dein Freund lacht und du ebenfalls und Puck vollführt ein seltsames, fröhliches Tänzchen.

»Gleich wieder zurück«, sagt Micha. »Ihr wartet, ja?«

Er dreht sich um, geht zu der Straße in Richtung Dorf und verschwindet außer Sichtweite.

Puck setzt sich neben dich. Ihr schaut euch kurz an. Die Grillen zirpen, als ob ihr Leben davon abhinge (was ja tatsächlich so ist), aber dir fällt nicht ein Wort ein, das Puck auch nur irgendwie beeindrucken könnte. Sie sagt ebenfalls nichts. Vielleicht ist es auch merkwürdig, zu reden, und dürft ihr das erst wieder, wenn Micha dabei ist. Du starrst auf die Zehen in deinen Strandlatschen und plötzlich merkst du, wie heiß es heute doch ist. Selbst im Schatten der Bäume am Fluss kommt dir die Sonne noch heftiger als sonst vor. Puck schweigt weiter und du ebenfalls und nach noch ein paar Minuten Stille verstehst du, dass ihr ohne Worte beschlossen habt, dass es in der Tat besser ist, nichts zueinander zu sagen.

»Ich bin wieder da!«, ertönt es. Micha kommt angelaufen und Puck steht wieder auf.

»Mit seiner Lyra!«, sagt sie zu dir.

Das Schweigen ist vorbei und du antwortest mit einem begeisterten Ja, denn aus einiger Entfernung siehst du schon den großen, schwarzen Koffer unter Michas Arm.

»Und hier kommt unser weltberühmter Musiker«, kündigt Puck Micha an, der sich hingesetzt hat und jetzt das Instrument aus dem Koffer nimmt.

»Nicht lachen, hört ihr?«, sagt er.

»Wir würden es nicht wagen!« Puck schaut dich freudestrahlend an. »Oder, Jaak?«

»Nein«, sagst du und das meinst du auch so.

Die Lyra ähnelt einer hellbraunen, rundlichen kleinen Fiedel. Mit der linken Hand lässt Micha sie auf seinem Knie balancieren, in der rechten hält er einen Bogen. Er zupft leise mit den Fingern an den Saiten, dreht etwas an den schwarzen Holzknöpfen am oberen Ende und wiederholt beides genau so lange, bis es seiner Meinung nach in Ordnung ist. »Fertig?«, fragt er dann.

»Wir schon«, sagt Puck.

Du nickst.

»Gut.« Micha bewegt den Bogen zur Lyra. »Jetzt ich fange an.«

Drei Sekunden dauert es. Drei Sekunden, bevor du verstehst, dass Micha euch nicht einfach nur irgendwas vorspielt, sondern wirklich sehr, sehr gut ist. Sehr, sehr, einfach wahnsinnig gut. Die Bäume spitzen ihre langen Zweige, die Grillen unterbrechen ihr Zirpen und selbst die nicht existierenden Leute auf dem Fußballplatz hören auf zu tanzen. Alle lauschen den wundersamen Klängen aus diesem kleinen Instrument auf Michas Knie.

Du wirfst einen Blick zur Seite. Puck bewegt sich nicht. Das Kinn auf die Faust gestützt, starrt sie zu eurem Freund, der plötzlich den Mund aufmacht und dann vorsichtig, fast zögernd, zu singen anfängt. Puck wendet den Kopf zu dir. Nein, du hast auch nicht gewusst, dass er das kann.

Micha ist nicht mehr Micha oder im Gegenteil ganz und gar. Du siehst ihn dasitzen, leise singend, die Lyra gegen die Brust gedrückt, und ohne auch nur ein Wort zu verstehen, begreifst du, dass sich alles um die Liebe dreht.

E-Mail von Mama

Elza van Diepen <elza.van.diepen@hotmail.com>

an Jakob

Grüß dich, mein Herz,

wie schön es war, deine Stimme zu hören! Du kannst dir nicht vorstellen, wie sehr ich mich freue, dass es dir dort so unheimlich gut gefällt. Doch, Ehrenwort!

Entschuldige, dass ich am Telefon so reagiert habe. Ich war müde von unserem Flug und du hast mir einfach sehr gefehlt. Und ich denke, dann hat mich das, was du gesagt hast, ein bisschen erschreckt. Also: Genieße deine Zeit mit Michális und dieser Freundin. Das ist das Wichtigste!

Vielleicht findest du es verrückt, dass ich das jetzt schreibe, aber weißt du, dass ich mir vorher manchmal überlegt habe, es könnte vielleicht gar nicht so einfach für dich werden? So ganz allein auf die Insel und zu deinem Vater, den du eigentlich kaum kanntest. Jetzt kann ich es ja sagen. Und kannst du dir denken, wie sehr ich mich freue zu hören, wie gut alles gelaufen ist?

Mittlerweile sind wir wieder sicher gelandet und Kees ist schon dabei, alle Fotos auf dem Computer zu bearbeiten. Das wird eine wunderbare Collage und die bewundern wir schön zusammen, wenn du wieder da bist. Und dann erfahre ich auch gern alle deine Inselabenteuer.

Ich freue mich auf dich, mein Herz. Hab noch zwei schöne Wochen!

Einen sehr dicken Kuss von Mama

Puck sitzt mit ihren Eltern bei deinem Vater auf der Terrasse. Sie haben gerade gegessen – die leeren Teller stehen noch auf der Einmaltischdecke aus Papier –, als du mit Micha in eure Gasse einbiegst.

»Wie machen wir das jetzt?«, fragst du.

»Lass du mich nur.« Dein Freund zieht die Riemen seines Rucksacks straff. »Ich tue schon regeln das.« Er geht geradewegs auf sein Mädchen zu und bleibt vor dem Tisch stehen. Du stehst etwas hinter ihm.

»Ha, da haben wir Michális und Jakob!«, sagt Pucks Vater. Er ist ganz offensichtlich in fröhlicher Stimmung. »Wie geht es den Herrschaften?«

»Paps …« Puck seufzt und schüttelt den Kopf. »Benimm dich normal.«

Ihr Vater zwinkert Micha und dir zu und fragt: »Möchten die Männer noch einen Nachtisch mitessen?«

Ohne eine Antwort abzuwarten, will Pucks Mutter schon aufstehen und zwei Stühle herbeiholen, aber Micha schüttelt höflich den Kopf. »Kein Nachtisch, bitte«, sagt er. »Eigentlich wir kommen, um zu fragen, wir dürfen mitnehmen Ihre Tochter.«

Pucks Eltern müssen laut lachen. Micha guckt etwas erschrocken.

»Ist das eine Entführung oder ein Heiratsantrag?«, fragt Pucks Vater.

»Papa!« Puck ist schon aufgestanden, während ihre Eltern immer noch lachen.

»Gut, in Ordnung«, sagt ihr Vater. »So höflichen Jungs will ich mein Kind wohl anvertrauen. Was meinst du, Schatz?«

»Ja klar.« Pucks Mutter nickt. »Aber seid bitte nicht zu spät wieder da. Morgen ist das Fest von Yiannis und das dauert natürlich auch bis in die Nacht.«

Ihr versprecht es.

»Also gut. Und viel Spaß.«

Es hat geklappt und mit Puck als Beute zwischen euch spaziert ihr wieder davon, Micha und du.

»Wohin gehen wir?«, fragt Puck, nachdem ihr um die Ecke gebogen seid.

Micha marschiert mit großen Schritten weiter und lächelt geheimnisvoll. »Du wirst schon sehen«, antwortet er.

»Jaak?« Puck wendet sich zu dir. »Wohin gehen wir?«

»Das ist eine Überraschung.«

»Seid nicht albern«, sagt Puck. »Ich will es wissen!«

Micha schaut dich sehr zufrieden an. Du kannst dir

das Lachen kaum verkneifen und musst dich sehr zusammennehmen, um keinen Luftsprung zu machen.

»Und wozu der Rucksack?« Puck ist witzig, wenn sie ungeduldig wird. Es ist klar, dass sie überhaupt nicht gut darin ist, sich überraschen zu lassen, es gleichzeitig aber auch schön findet, wie eine Prinzessin entführt zu werden.

»Liebe kleine Puck«, sagt Micha. »Jetzt du musst warten auf der Ding, das kommen wird, okay? Bitte noch etwas die Geduld.«

Puck seufzt und nickt und dann lacht sie, und ohne dass die beiden anderen es sehen, machst du doch noch einen kleinen Luftsprung.

Ihr verlasst das Dorf, überquert die Hauptverkehrsstraße und folgt dem Weg den Fluss entlang.

»Sind wir bald da?«, fragt Puck.

Micha und du antwortet nicht und nach einer Weile nehmt ihr einen schmalen Pfad, der zwischen den Olivenbäumen hinaufführt. Es wird immer dunkler und aus dem Rucksack kommt eine Taschenlampe zum Vorschein.

»Hier gibt es lauter die unheimlichen Zombies«, behauptet Micha.

»Sehr witzig.«

»Doch, ehrlich!«

Es gibt keine Zombies, aber trotzdem ist es spannend. Mit der Lampe zeigt Micha euch den Weg über den langsam steiler werdenden Pfad. Nach der x-ten Kletterpartie fragst du dich, wie lange ihr schon unterwegs seid. Zehn Minuten? Eine Viertelstunde? Und gerade als du denkst, dass dein Freund sich vielleicht längst verirrt hat und darum einfach auf gut Glück vor euch hertigert, hört der Weg plötzlich auf.

»Wooow!«, ruft Puck.

Ihr bleibt alle drei stehen und schaut in die Höhe. Die Überraschung von Micha und dir funkelt am Himmel.

»Das ist doch der Ding, du wolltest?«

»Ja!«, sagt Puck. »Ja! Gott, ist das schön!«

Überall – aber auch wirklich überall – sind Sterne. Du hast noch nie so viele auf einmal gesehen.

Micha setzt seinen Rucksack ab, öffnet den Reißverschluss und holt eine große Decke daraus hervor. Er und Puck und du setzt euch auf die Decke, die Taschenlampe wie eine Kerze zwischen euch. Ihr schaut alle drei die ganze Zeit in den Himmel.

»Ich kenne nur den Wagen«, bemerkt Puck irgendwann.

»Das ist der Große Bär«, hörst du dich sagen. »Kennt ihr die Geschichte vom Großen und vom Kleinen Bären?«

Micha und Puck kennen sie beide nicht, wollen sie gern hören und dann plötzlich, ohne wirklich darüber nachzudenken, fängst du an zu erzählen.

»Vor langer, langer Zeit, als es die griechischen Götter noch gab und die ... Nein, wartet, noch mal. Vor sehr langer Zeit gab es Artemis, die Göttin der Jagd, und zu Artemis gehörten verschiedene Arten von Elfen ... Oder nein: Nymphen, meine ich. Es waren Nymphen, die Gehilfinnen von Artemis, und eine der Nymphen war Kallisto.«

Du pulst ein störendes Steinchen zwischen deinem Latschen und deiner Fußsohle hervor, setzt dich etwas bequemer auf die Decke und lässt den Göttervater Zeus wie einen Blitz vom heiligen Berg Olymp herabfahren.

Er hatte es eilig, dieser Zeus, denn er wollte sehr gerne mit der schönen Kallisto ins Bett. Es war jedoch so, dass die Nymphen absolut nichts mit Männern anfangen durften, aber der gewiefte Zeus verkleidete sich als Artemis und da war es um Kallisto geschehen.

»Wie du meinst das?«, fragt Micha.

»Sie hatten Sex«, erläutert Puck.

Du nickst im Kerzenschein, denn so ist es in der Tat. Kallisto bekam einen Sohn – Arkas hieß der –, aber als Hera, die Frau des Zeus, das hörte, wurde sie sehr böse und verwandelte Kallisto in eine Bärin.

Micha kommt das eigenartig vor. »Eine Bärin?«

»Sei still!«, sagt Puck. »Erzähl weiter, Jaak.«

»Gut«, sagst du und erzählst von Arkas, der mittlerweile groß geworden war und irgendwann bei der Jagd einer Bärin begegnete.

»Das war natürlich die Mutter«, unterbricht Micha dich wieder. »Ist ja logisch.«

»Stimmt«, sagst du. »Nur, Arkas wusste das nicht. Und als Kallisto auf ihn zulief, um ihren Sohn zu umarmen, warf er seinen Speer nach ihr.«

»War sie tot?«, fragt Puck erschrocken.

Du schüttelst den Kopf, denn im selben Moment kam Zeus dazwischen. Er hatte nämlich irgendwie Mitleid bekommen und so verwandelte er Kallisto und ihren Sohn in zwei Sternbilder nebeneinander am Himmel.

»Das ich finde nicht so schön«, sagt Micha. »Ich denke, ich bin doch lieber der Mensch oder der Bär sogar als der Haufen Sterne.«

»Aber es ist schön!« Puck versteht es. »Denn dann waren sie der Große und der Kleine Bär, und da sie nicht gestorben sind, leben sie noch heute und sind glücklich.«

»Nicht ganz ...«, sagst du.

»Warum nicht?«

Du denkst an das, was dir dein Vater auf dem Dach erzählt hat, und lässt Hera wieder in der Geschichte auftauchen. In ihrer Eifersucht auf die beiden prächtigen Sternbilder ging sie zu einer Wassergöttin, deren Namen du nicht mehr weißt, aber die auch ohne Namen problemlos einen Fluch aussprechen konnte, durch den Kallisto und Arkas zur Strafe nie mehr unter den Horizont verschwinden dürfen und somit auf ewig am Himmel gefangen sind. »Und darum können wir Menschen sie immer sehen«, sagst du zum Abschluss. »So geht die Geschichte.«

»Schön«, sagt Puck.

»Sehr schön«, findet jetzt auch Micha.

Was sie sagen, ist ernst gemeint – so viel ist sicher – und du fühlst dich ein wenig stolz und zugleich erleichtert. Du kannst dich nicht erinnern, jemals so lange hintereinander geredet zu haben.

»Hurra für Jakob, den Sternenmann!«, ruft Puck. »Habt ihr übrigens sonst noch was in dem Rucksack?«

Micha holt eine Flasche hervor. Es ist Retsina, weißer Harzwein. Der große Kühlschrank im Restaurant deines Vaters ist bis oben voll damit.

»Aha.« Puck lacht. »Er will uns betrunken machen. Nur her mit dem Zeug!«

Die Flasche geht herum und zum ersten Mal in deinem Leben trinkst du Wein. Am Anfang (du nimmst einen vorsichtigen Schluck) schmeckt es süß und sauer gleichzeitig – und danach immer noch. Du bist dir nicht sicher, ob du den Geschmack magst, aber vielleicht ist das auch nicht so wichtig und vielleicht würden Puck und Micha eigentlich auch lieber etwas anderes trinken.

»Was für höfliche Herrschaften«, sagt Puck mit einer tiefen Männerstimme.

Micha und du müsst grinsen.

»Wenn sie bloß keinen Wein in den Bergen trinken.« Puck muss selbst auch darüber lachen. »Denn dann darf meine Tochter nicht mit.«

Der Retsina ist gleich alle, es ist auch nur ein kleines Fläschchen. Nach dem Wein erscheint dir der Himmel noch schöner als zuvor.

Puck legt ihren Kopf auf Michas Bein. »Ich bekomme Nackenschmerzen vom Hinaufschauen.«

Micha lehnt sich zurück und du ebenfalls, und so daliegend schaut ihr alle drei zu den Sternen.

Sehr lange sagt ihr nichts zueinander. Du schaust hinauf, ohne dich zu bewegen, und die ganze Zeit hindurch scheint der Rest der Welt nicht zu existieren. Micha, Puck und du, ihr bildet eine kleine Insel auf der Insel.

»Wooow!«, ruft ihr alle drei fast gleichzeitig. Eine Sternschnuppe mit einem grünen Schweif streift wie eine Leuchtrakete am Himmel entlang.

Puck hebt den Kopf etwas und sagt: »Jetzt dürfen wir uns etwas wünschen.«

»Etwas wünschen?« Micha meint, in Griechenland gehe das anders. »Hier, wenn Sternschnuppen gibt, du musst der Geheimnis erzählen.«

»So ein Quatsch«, sagt Puck.

»Nein, Ehrenwort!« Micha klingt, als wäre er seiner Sache sicher. »Du fängst an.«

»Ich?« Puck ist nicht einverstanden. »Von wegen, Micha. Fang du doch an!«

»Okay.«

Puck setzt sich auf. Schließlich möchte sie alles genau mitbekommen.

»Ihr wisst von meiner Mutter, ja?«, beginnt Micha.

»Wie meinst du das?«, fragt Puck.

»Was sie sagen«, fährt er fort. »In der Dorf.«

Du denkst an die Jungen mit dem Moped und ihre Rufe.

»Lass doch diese Typen«, sagt Puck. »Die labern doch bloß.«

Micha bleibt still. Puck und du tauscht einen Blick und schaut dann ihn an.

»Nein.«

»Wie, nein?«, fragt Puck.

»Es stimmt, was sie sagen.« Micha bleibt liegen, wo er liegt, während er mit einer Hand an dem Reißverschluss des Rucksacks herummacht. Auf, zu, auf, zu. »Ich habe selbst das gesehen.« Auf, zu, auf, zu. »Der letzte Jahr, ein Mal, nachdem der Lokal geschlossen ist und meine Mutter glaubt, ich liege schon im Bett.«

»Was hast du denn gesehen?«, fragt Puck.

Auf, zu, auf, zu.

»War sie mit einem anderen Kerl zusammen?«

Micha lässt den Reißverschluss los und dann hörst du ein Schniefen. Es ist nicht laut, noch nicht mal ein richtiges Weinen, aber als du dich aufsetzt und deinen Freund anschaust, siehst du, wie er sich mit seinen großen Händen übers Gesicht reibt.

»Micha?« Puck hat es auch gehört, kann ja kaum anders sein. »Michi?« Sie beugt sich zu ihm und legt ihren Arm um ihn. »So ein Mist«, flüstert sie.

»Ja«, sagt er und hört auf zu reiben. »Ende Geheimnis. Jetzt ihr.«

Puck lässt ihren Arm um ihn gelegt und nickt. »Gut«, sagt sie, »ich bin dran.«

Du bist froh, dass sie jetzt will. Nicht, dass dir selbst nichts einfiele, aber seit Micha davon angefangen hat, kommt dir dein einziges Geheimnis von Bedeutung zu sonderbar vor, um es zu erzählen.

»Meines ist allerdings etwas …« Puck zögert. »Ich schäme mich dafür.«

»Genau richtig«, meint Micha. »Das gehört sich so bei die Geheimnissen.«

»Ja, aber es ist echt ziemlich idiotisch.«

»Jetzt sag es schon.«

»Na gut«, sagt Puck. »Aber nicht böse werden, nein?«

Micha fährt hoch, löst sich aus Pucks Arm. Du siehst, wie er sein Mädchen anschaut. »Böse?«, fragt er.

»Ja, na ja …«

»Warum böse?«

Dir fällt nur eine Sache ein, weswegen Micha böse werden könnte. Ein anderer Junge. Nicht hier, sondern zu Hause in den Niederlanden. Das muss es wohl sein. Und obwohl sie noch nicht mal deine Freundin ist, spürst du dennoch, wie dein Herz schneller schlägt.

»Ich habe gelogen«, sagt Puck. »Über das Küssen.«

Na bitte! In dir drin dröhnt es jetzt so laut, dass es eigenartig ist, wenn die anderen es nicht hören. Aber sie achten nicht auf die hämmernde kleine Trommel in dir.

Micha schaut Puck unverwandt an. »Was über das Küssen?«

»Ich habe dir doch von diesem Thomas erzählt«, beginnt Puck vorsichtig.

»Dein früherer Freund?«

Puck schüttelt den Kopf. »Den gibt es nicht«, sagt sie. »Ich habe vor dir keinen anderen Freund gehabt und ich habe vor dir auch noch nie jemanden geküsst.«

Micha bleibt einen Moment stumm. Dann muss er lachen.

»Was ist denn?«, fragt Puck.

Micha lacht immer noch, und um ehrlich zu sein, bist du ebenfalls ziemlich erleichtert.

»Das heißt, du erfindest für mich der andere Freund, der du küsst, aber danach nicht wahr ist?«

»Es war nie wahr«, sagt Puck.

»Aber warum denn du erfindest das?«

Puck zuckt mit den Schultern. »Weiß ich nicht. Einfach so.«

Micha umarmt sie und gibt ihr einen Kuss. »Du spinnst«, sagt er. Es klingt lieb.

»Bist du nicht böse?«

Micha gibt Puck noch einen Kuss und dann gibt sie ihm einen.

»Entschuldige, Jaak«, meint Puck lächelnd zu dir. »Aber das muss jetzt sein.«

»Schon gut«, sagst du. »Ich finde es nicht schlimm.«

Und dann küssen sich Puck und Micha noch etwas länger und es stört dich wirklich nicht.

»Jetzt Jakob«, sagt Micha danach.

»Ich habe eigentlich keine Geheimnisse.«

»Kann nicht sein.«

»Mir fällt einfach keins ein.«

Micha glaubt dir nicht. »Jeder hat die Geheimnisse.«

»Na ja, Jakob vielleicht nicht«, springt Puck dir bei. »Das kann doch sein?«

»Nein«, sagt Micha. »Das es kann nicht.«

Dann schaut Puck zu dir und zufällig schaust du auch zu ihr und sofort bist du verloren. Du siehst, dass sie es sieht.

»Jaak?«

»Na ja …«

»Hier sind nur wir drei, Jaak«, sagt Puck. »Sonst niemand.«

Du denkst an die kleine Insel auf der Insel.

»Wir finden nichts doof. Oder, Micha?«

Dein Freund nickt.

»Jaak?«, ertönt es zum dritten Mal.

Du schluckst und schwitzt und spürst, wie alles kribbelt, und es ist klar, dass es hier in der Dunkelheit, hoch auf dem Berg, wirklich keinen Weg zurück mehr gibt. Und nein, du willst es eigentlich nicht erzählen, aber komischerweise gleichzeitig doch auch wieder sehr, sehr gern. »Versprecht ihr, dass ihr mich nicht auslachen werdet?«

Sie versprechen es.

»Echt nicht?«

»Nein, Jaak. Echt nicht.«

Du schluckst noch mal und noch mal. Und dann erzählst du es.

»Ich kann unsichtbar werden.«

»Was?«

»Unsichtbar.«

»Ja, aber wie meinst du das?«

»Ich kann mich unsichtbar machen«, sagst du. »So, als wäre ich nicht da. Manchmal. Oder eigentlich ziemlich oft.«

»Ich kapiere es nicht«, sagt Puck.

»Ich auch nicht«, sagt Micha.

Es ist schwer zu erklären, sehr schwer, aber dennoch versuchst du es. »Wenn ich es will, dann sieht mich keiner. Überhaupt keiner. Dann gibt es mich nicht und alle schauen einfach durch mich hindurch.«

»Wie denn du tust das?«, fragt Micha.

»Weiß ich nicht.« Du weißt es wirklich nicht. »Ich kann es einfach.«

Puck fragt, wann denn.

»Wenn es nötig ist«, erklärst du. »Wenn ich es will. Es funktioniert fast immer, nur ganz selten auch mal nicht. Eine Weile bin ich unsichtbar und dann plötzlich sehen sie mich wieder.«

»Wer sieht dich wieder?«

Du zuckst mit den Schultern. »Die Jungs aus der Klasse«, sagst du. »Oder die Mädchen oder die Lehrerin. Oder Leute auf der Straße oder in einem Geschäft oder im Zug. Es ist egal, wer. Alle. Aber meistens sehen sie mich überhaupt nicht, weil ich halt unsichtbar bleibe.«

»Na los«, sagt Micha.

»Was?«

»Mach dich mal unsichtbar.«

»Jetzt?«

Er nickt.

»Das geht nicht.«

»Warum nicht?«

»Bei euch funktioniert es nicht.« Du schaust zu Puck und Micha. Sie denken nach über dein Geheimnis, das ist deutlich zu sehen. Du bist dir nicht sicher, ob sie es verstehen. Es ist auch kompliziert. »Schon von Anfang an nicht«, sagst du. »Bei euch bin ich immer da.«

Puck nickt. »Trotzdem finde ich es stark«, sagt sie. »Es ist stark, nicht, Micha?«

»Ja.« Micha nickt auch. »Sehr stark. Ich wünschte, dass ich könnte so etwas.«

Ihr sagt alle drei nichts mehr. Du hast es erzählt und sie haben dich nicht ausgelacht. Und vielleicht verstehen sie es sogar.

»Hört mal zu, ihr«, sagt Micha dann auf einmal. »Vorhin ich habe falsch gespielt ein bisschen.«

»Wie meinst du das?«, fragt Puck.

»Wenn es die Sternschnuppen gibt, hier wir sagen nicht der Geheimnis. Das ich habe bloß erfunden.«

Puck lächelt. »War doch klar.«

»Ja?«

»Ja«, sagst du. »Aber Geheimnisse sind besser.«

»Das ich weiß nicht«, sagt Micha. »Ich finde, die Wünsche tun auch ein schöner Etwas.« Er nimmt die Taschenlampe und leuchtet damit um euch herum, als würden plötzlich doch ein paar Zombies im Gebüsch stecken. »Ich habe wohl der Wunsch.«

»Nicht laut sagen, hörst du?«, sagt Puck. »Sonst geht er nicht in Erfüllung.«

»Es macht nichts das.« Micha knipst die Taschenlampe aus und sofort ist sein Gesicht verschwunden. »Dieser Wunsch geht sowieso nicht.«

Du spähst zu deinem Freund, langsam gewöhnen sich deine Augen an die Dunkelheit.

»Soll ich dieser verraten?« Es ist klar, dass Micha es gern möchte, und ohne eine Antwort abzuwarten, sagt er: »Mein Wunsch ist, ich will, dass alles immer so bleibt.« Ganz vage siehst du, wie sich sein Kopf im Dunkeln von Puck zu dir dreht und wieder zurück. »Ich meine, dass wir gehen nie mehr auseinander«, erklärt er. »Nie mehr. Dass wir sind für immer zu dritt.«

Puck und du schweigt.

»Dass wir wohnen zusammen in derselbe Haus und zusammen essen und zusammen Dinge tun, und wenn wir sind müde, wir gehen ins Bett und dann wieder zusammen wir aufwachen werden.«

Ihr sagt noch immer nichts.

»Und dass dann zusammen wir frühstücken und wir gehen zur Schule oder später zum Studieren und Arbeit, und wenn es ist, dass einer von uns mal klein wenig andere Sache tut, dann das ist nicht schlimm, denn die anderen beiden wissen, der eine kommt einfach wieder zurück.«

Micha schweigt. Das ist sein Wunsch. Du fühlst einen Schauder im ganzen Leib. Einen eiskalten und gleichzeitig auch glühend heißen Schauder. Es ist der schönste und aufregendste und fantastischste Wunsch, den du je gehört hast. Nein, den es gibt, meinst du, den jemals jemand wo auch immer auf der Welt geäußert hat. Es ist wunderbar und großartig und unmöglich, ja, das natürlich auch, und kribbelnd und völlig bekloppt, und ach, du willst, ja, du willst, ja, du willst so gern, dass es wirklich so ist und wird und dass ihr jetzt – jetzt, ja, jetzt! – miteinander vereinbart, dass dies wahr wird, wie auch immer, aber bitte schön schnell und sicher und versprochen und immer-immer-immer zu dritt.

»Ja«, ertönt es.

»Was, ja?« Micha knipst die Taschenlampe an und wieder aus.

»Halt alles«, sagt Puck.

»Was denkst du, Jaak?«, fragt Micha.

»Ich denke, es geht nicht«, hörst du dich Dummkopf sagen.

»Nein.« Du siehst, wie Micha in der Dunkelheit den Kopf schüttelt. »Das ich weiß doch auch. Aber es ist, was ich wünsche.«

Und du willst es sagen, ehrlich, echt, natürlich willst du sagen, dass du es auch wünschst, nichts lieber als das sogar, aber irgendwie gelingt es dir nicht und stattdessen wird daraus: »Ich habe noch niemanden je etwas so schön sagen hören.«

»Ich auch nicht«, sagt Puck.

Danach sagt ihr alle drei nichts mehr. Du legst dich zurück, faltest die Hände hinter dem Kopf zusammen und starrst zu den Sternen. Kallisto zwinkert dir leise zu, Arkas streckt dir die Zunge raus.

Dann schließt du die Augen.

Grillengezirp und Vogelgezwitscher wecken dich. Einen kurzen Moment denkst du, du lägst auf der Couch, aber in dem großen Zimmer über dem Restaurant klingt es anders, und als du die Augen öffnest, weißt du wieder, dass du im Freien bist.

Die Sonne ist schon aufgegangen und scheint. Halb auf der Decke und halb auf dem trockenen Felsengrund liegen Puck und Micha und schlafen noch. Du denkst an den wunderschönen Wunsch von heute Nacht und in Gedanken umgibt euch ein Haus. Ein Haus mit Zimmern und Türen und Fenstern, und der Wecker braucht bloß zu klingeln und ihr werdet zusammen frühstücken.

Micha und sein Mädchen schlafen eng aneinander. Du willst sie nicht aufwecken. Sie liegen so lieb da – du kannst sie noch lange anschauen –, und wenn du den Zauber löst, ist das Haus von selbst verschwunden. Solange die zwei da zusammen schlafen, ist alles überall auf der Welt gut und ruhig und gibt es nirgendwo Sorgen oder Probleme. Und was es genau ist, weißt du nicht, aber es fühlt sich an, als würden Puck und Micha dich jetzt, während sie so daliegen und träumen, noch näher an sich heranlassen, als wenn sie sich küssen.

»Jaak?« Puck schaut mit verschlafenem Gesicht hoch. Du lächelst sie an und sie lächelt zurück, das Haus hat sich lautlos in nichts aufgelöst.

»Wie spät ist es?«

»Ich weiß nicht«, antwortest du. »Schon der nächste Tag.«

Puck nickt langsam. »Wir sind eingeschlafen«, schlussfolgert sie. »Ich denke, wir sollten allmählich zurück.« Sie rüttelt Micha sanft an der Schulter. »Schlafmütze«, flüstert sie. »Aufwachen!«

Micha öffnet erst ein Auge, dann das andere. Er schaut euch verwundert an.

»Wir sind eingeschlafen«, sagst du.

Er reibt sich über das Gesicht und fragt, wie spät es ist.

»Keine Ahnung«, sagt Puck. »Zeit jedenfalls, wieder zurückzugehen.«

Die Decke, die Lampe und die Flasche verschwinden im Rucksack und ihr lauft nach unten.

»Ich bin eingeschlafen!«, ruft Micha, während er den steilen Pfad hinabstürmt. Seine Worte hallen durch die Berge.

»Ich auch!«, ruft Puck.

»Ich auch!«, rufst du.

Ihr rennt und ruft und hallt und lacht.

»Das wir machen jetzt jede Nacht!«, ruft Micha.

»Einverstanden!«, ruft Puck.

»Ja!«, rufst du und denkst: *für den Rest unseres Lebens.*

Ihr rennt und lacht und lacht in einem fort. Es ist, als könntet ihr nie mehr damit aufhören, und wenn man recht darüber nachdenkt, ist das Ganze natürlich auch außergewöhnlich witzig.

»Wir sind die Bergschläfer!«

»Ja!«

»Die Bergschnarcher!«

Schon könnt ihr unten die Straße sehen, da stoppt ihr alle drei so gut wie gleichzeitig in eurem Lauf.

»Ist das da der Auto von deine Eltern?«, fragt Micha.

Puck nickt. »Ich glaube schon.«

Und du siehst es auch. Unten am Berg, am Straßenrand, steht ein blaues Zehnpunkteauto. Daneben zwei Erwachsene und aus mehr als hundert Metern Entfernung ist schon klar erkennbar, dass sie nicht froh sind. Gar nicht froh.

»Ui«, sagt Micha.

»Mist«, sagt Puck.

Langsam geht ihr weiter.

Pucks Vater streckt die Arme in die Höhe und winkt wie ein Irrer, ihre Mutter steht vorgebeugt neben dem Auto und hat die Hände vors Gesicht geschlagen, in die Hüfte gestemmt, vors Gesicht geschlagen und wieder in die Hüfte gestemmt.

»Ich glaube, sie haben uns gesehen«, sagst du.

»Das ich glaube auch«, sagt Micha. »Und ich denke, sie sind bisschen böse.«

Puck sagt nichts mehr. Zu dritt geht ihr weiter nach unten.

»Seid ihr vollkommen verrückt geworden?!«, ruft Pucks Vater, kaum dass ihr bei dem Zehnpunkter angekommen seid. Seine Fröhlichkeit von gestern ist wie weggewischt. Er schüttelt den Kopf und sagt: »Verflixt noch mal! Das ist doch nicht zu glauben!«

Du schaust zu Pucks Mutter. Sie wischt sich mit der Hand über ihr tränennasses Gesicht.

»Was ist denn?«, fragt Puck.

»Was ist denn?!«, wiederholt ihr Vater. »Was ist denn? Na, was meinst du, was ist, junge Dame?«

»Paps«, sagt Puck. »Wir sind doch jetzt da!«

»Ja, jetzt!« Ihr Vater dreht sich kurz zu ihrer Mutter um. »Nachdem wir zum Kuckuck die halbe Nacht hindurch nach euch gesucht haben! Und ständig haben wir euch angerufen ...«

Puck zuckt mit den Schultern. »Wir hatten keine Handys dabei. Das haben wir hier nie.«

»Ja, ist klar, das haben wir schon mitbekommen!«, sagt ihr Vater. »Was in aller Welt habt ihr euch eigentlich dabei gedacht?«

»Wir haben eingeschlafen«, sagt Micha leise.

»Eingeschlafen!« Wieder schüttelt Pucks Vater den Kopf. »Unfassbar! Also wirklich unfassbar!«

»Es war aber so«, sagst du.

Puck fängt an zu kichern und ihre Mutter fängt an zu weinen.

»Findest du das so lustig?«, fragt ihr Vater.

Puck hört sofort auf zu kichern – eine ziemlich starke Leistung. »Nein, Paps.« Sie schaut auf den Boden. »Tut mir leid.«

»Mitkommen!« Pucks Vater fasst seine Tochter beim Arm und zieht sie zum Auto. »Und wenn ich ihr wäre …«, er dreht sich zu Micha und dir um, »dann würde ich jetzt auch wie die Feuerwehr nach Hause laufen.«

Zu zweit gehen Micha und du durch das noch totenstille morgendliche Dorf. Auf der großen Kirchturmuhr ist es fast Viertel vor sechs.

»Er war böse, nicht?«, sagst du.

»Ja, ziemlich.«

Du hast nicht gewusst, dass so ein netter Mann wie Pucks Vater so wütend werden kann. Es passt nicht wirklich zu ihm. Du fragst dich, ob Simon und Anastacía böse sein werden.

»Vielleicht«, sagt Micha.

»Was meinst du, werden sie dich bestrafen?«

»Nein.« Er schüttelt den Kopf. »Das nicht. Meine Eltern glauben nicht an etwas wie die Strafe.«

Du denkst an deinen Vater. Du weißt nicht sicher,

woran der glaubt, aber du würdest dich keineswegs wundern, wenn ihm noch gar nicht aufgefallen wäre, dass sein Sohn heute Nacht nicht zu Hause geschlafen hat. Yiannis war sicher viel zu sehr mit anderen Dingen beschäftigt.

»Ich gehe dann mal«, sagt Micha.

Ihr steht direkt vor der Gasse zum Restaurant.

»Ist gut.« Du nickst. »Bis …«

»… bald«, sagt Micha.

»Ja, bald«, sagst du. Und zur Sicherheit sagst du hinterher: »Aber es war doch schön, oder?«

Micha lächelt. »Ich hätte nie das verpassen wollen, Jaak. Nie.«

»Nein«, sagst du. »Ich auch nicht.«

Dann geht er weiter und du biegst in deine Gasse ein.

Am Eingang zum Restaurant, auf einem rot lackierten Stuhl, sitzt Yiannis Zervakis. Auf einem Tisch neben ihm steht eine leere Weinflasche mit einem leeren Glas.

»Hallo«, sagst du vorsichtig.

Dein Vater hebt den Kopf. Er schweigt.

»Guten Morgen«, versuchst du und fragst dich, ob du Yiannis glauben machen kannst, du wärst nicht die ganze Nacht fort gewesen und jetzt bloß deshalb hier draußen, weil du aus irgendeinem Grund plötzlich das Bedürfnis hattest, ganz früh aufzustehen, und dann eben eine Runde durchs Dorf spaziert bist. Aber noch bevor du dir einen Satz zurechtgelegt hast, mit dem diese Lüge eventuell glaubhaft rüberzubringen wäre, schlägt dein Vater knallhart mit der Faust auf den Tisch.

Du bekommst einen Mordsschreck – fast wäre das Glas auf den Boden gefallen.

»Djakos!«, sagt Yiannis in einer Weise, wie er diesen Namen noch nie ausgesprochen hat.

Du bleibst stumm, denn du verstehst durchaus, dass keine Antwort von dir gefragt ist.

Yiannis hebt den Kopf, mustert dich lange und durchdringend und sagt dann in bitterernstem Ton: »Wirst du das nie und damit ich meine: nie wieder tun?«

Du schluckst. So böse wie Pucks Vater hört er sich nicht an, aber alles weist darauf hin, dass Yiannis es ernst meint mit dem, was er sagt, und du bist dir sogar ziemlich sicher, dass du deinen Vater noch nie vorher etwas so ernst hast meinen hören.

»Du verstehst der Ding, das ich sage, Djakos?«

Du nickst.

»Bedeutet das Ja?«

»Ja«, sagst du. »Ich verstehe es.«

»Gut.« Yiannis erhebt sich von seinem Stuhl, nimmt mit einer Hand die Flasche und das Glas vom Tisch, drückt mit der anderen Hand die Restauranttür auf und sagt: »Dann jetzt wir wollen etwas essen.«

Ihr sitzt zusammen am Durchreichetresen der Restaurantküche. Yiannis auf der Küchenseite, du auf der Restaurantseite. Zwischen euch steht ein Teller mit einem gigantischen Omelett mit Champignons und Kräutern und Feta und Tomate.

»Gut?«, fragt Yiannis.

Du nickst (du hast den Mund voll), und während du kaust und schluckst, schmeckst du, dass dein Vater möglicherweise tatsächlich einer der besten Köche der Welt ist.

»Sehr schön.« Yiannis betrachtet dich zufrieden. »Ich dachte, du wirst Hunger haben wohl nach solchem Abenteuer.«

Du nickst wieder. Zu Hause bei deiner Mutter heißt dieses hohle Gefühl in deinem Bauch »Appetit«, aber auf der Insel gelten andere Regeln.

»So«, sagt Yiannis, als das Omelett aufgegessen ist. »Erzähl du dem Vater jetzt mal, was ihr in der Nacht zusammen alles habt angestellt.«

Du erklärst, dass ihr euch die Sterne anschauen wolltet und dann aus Versehen eingeschlafen seid. »Ich hatte eigentlich gedacht, du würdest mich nicht wirklich vermissen.«

»Wie du kommst denn darauf?«

»Dass du einfach den ganzen Abend im Restaurant stehen und danach Raki trinken und ins Bett gehen würdest, ohne an mich zu denken.«

»Aber du bist mein Sohn!«, ruft Yiannis.

»Ja«, sagst du. »Ich weiß.« Und zum ersten Mal in all den Wochen weißt du das auch wirklich.

Yiannis steht auf und stellt den leeren Teller in die Küche. Du bleibst sitzen und denkst an Puck und Micha und wie sie nebeneinandergelegen und geschlafen haben. Und gleich siehst du sie auch in den Bergen, in ihrem eigenen Haus, während eines romantischen Urlaubs in einem schicken Hotel und für den Rest ihres Lebens zusammen.

»Papa?«

Das Wort entschlüpft dir wie ein frisch abgewaschener Teller, der dir beim Abtrocknen aus der Hand rutscht: plötzlich, unbeabsichtigt und mit einem lauten Knall.

»Ja?«, sagt Yiannis bloß.

Nie zuvor hast du ihn so genannt. Hat überhaupt wer ihn je so genannt? Nein, natürlich nicht. Dein Vater hat es genau gehört – da bist du dir sicher –, auch wenn er jetzt so tut, als wäre das gerade ausgesprochene Wort das normalste Wort der Welt.

»Papa?«

Ein zweiter Teller fällt in Stücke, aber diesmal nicht vom Abwasch. Die unsichtbaren Scherben scheppern fröhlich durchs Zimmer wie bei einem griechischen Fest, bei dem die Gäste vor Begeisterung mit dem Geschirr um sich werfen.

»Was ist?«, fragt Yiannis.

»Bist du verliebt?«

Er schaut dich fragend an.

»Verliebt«, wiederholst du. »Du weißt doch wohl, was das ist?«

»Ja«, sagt Yiannis. »Das ich weiß wohl. Aber du fragst, ob ich bin das jetzt?«

»Ja.«

»In wen denn?«

Du zuckst mit den Schultern. »Das musst du sagen.«

»Ach.«

»Vielleicht in, äh ...« Du tust, als müsstest du nachdenken. »In Gertie?«

»Gertie?«

»Das könnte doch sein?«

Yiannis nickt langsam. »Ja«, sagt er. »Das es könnte sein. Aber ...«, er schüttelt den Kopf. »Nein, nein.«

»Also nicht in Gertie?«

Yiannis schüttelt wieder den Kopf. »Nein«, sagt er noch einmal. »Ich bin nicht verliebt in Gertie. Du dachtest, es wäre so?«

Du bist dir nicht sicher. »Sie aber in dich«, sagst du.

»Wirklich?«

Du erklärst, dass man das an allem sehen kann. An allem. Wer das nicht peilt, muss auf einem Auge blind sein.

Yiannis ist einen Moment lang sprachlos. »Hm«, sagt

er anschließend. »Dann ich denke, ich bin bisschen blind.«

Du fragst dich, ob dein Vater wirklich ehrlich zu dir ist. Er hört sich ehrlich an und doch ist es eigenartig. Gertie, die nachts nackt durchs Haus läuft, und Yiannis, der davon weiß … Und in den Wochen danach hatte es nur noch mehr den Anschein, dass sie manchmal in ein und demselben Bett liegen. Was ist denn damit?

»In meinem Leben ich war ein Mal verliebt«, sagt Yiannis.

»Nur so wenig?«

Er schüttelt den Kopf. »Nicht wenig«, sagt er. »Sehr stark das Verliebt, ich kann dir sagen.«

»Und in wen?« Du hoffst, du weißt die Antwort.

»In wen?« Yiannis schreit es beinahe hinaus. »In Elza natürlich! Wer sonst du hast gedacht?«

»Niemand«, sagst du, und auch wenn sie längst nicht mehr zusammen sind, ist es dennoch schön, dass dein Vater den richtigen Namen nennt. »Und ging die Verliebtheit dann zu Ende?«, fragst du. Deine Mutter hat dir nie etwas darüber erzählt. Sie redet nicht über diesen Teil der Vergangenheit.

»Nein«, sagt Yiannis.

»Nicht?«

Er schüttelt den Kopf. »Aber das ist ein lang Geschichte, Djakos. Für ein anderes Mal.«

»Ja, gut«, sagst du. Offenbar redet dein Vater auch nicht gern darüber. »Aber, Papa?«

»Ja, Djakos?«

»Wie ist das jetzt mit Gertie?« Du verstehst selbst nicht, dass du dich das zu fragen traust. »Ihr, äh ...« Die Worte wollen nicht so richtig.

»Du meinst, wir schlafen zusammen?«, ergänzt Yiannis. Du nickst.

Er nickt auch. »Ja«, sagt er. »Manchmal das ist so. Aber ich denke, für schlafen zusammen man braucht nicht immer verliebt zu sein.«

»Nein?«

Yiannis lächelt flüchtig und schüttelt den Kopf. »Aber du?«, fragt er auf einmal. »Bist du nicht bisschen verliebt?«

»Ich?«

»Das ist so merkwürdige Frage?«

Du weißt es nicht sicher. Micha hat auch schon mal davon angefangen, aber da erschien die Antwort ein Stück weniger kompliziert. »Nein«, sagst du.

Yiannis lächelt wieder. »Nein, nicht verliebt, oder nein, nicht merkwürdige Frage?«

»Papa ...«

»Was?« Yiannis zieht die Stirn kraus. »Mir du kannst schon erzählen, weißt du«, sagt er. »Ich bin sehr gut in diese Art der Dinge.«

»Aber da ist überhaupt nichts.«

»Nein?« Er schaut dich fragend an.

»Nein.«

»Auch nicht bisschen?«

»Papa!«

Yiannis nickt. »Gut«, sagt er. »Ich verstehe es. Aber wenn das verliebt wäre, nun, dann du musst wissen, für mich das ist alles in Ordnung so.«

Du sagst nichts.

»In die schöne Puck zum Beispiel«, fährt er fort. »Oder vielleicht ja in Michális?«

»Papa!«

»Das kann doch sein?«

»Nein, kann es nicht!«

»Mich das stört nicht, ja?«

»Hör damit auf!«

»Schon gut, schon gut.« Yiannis nickt wieder. »Ich sage schon nichts mehr.«

Und er sagt auch wirklich nichts mehr und du auch nicht, und beide denkt ihr über vielleicht dasselbe nach oder vielleicht auch nicht, was man nie sicher wissen kann, weil es nun einmal unmöglich ist, die Gedanken anderer zu lesen.

»Du willst noch etwas essen?«, fragt Yiannis nach einer Weile des Nachdenkens.

»Nein, nein«, antwortest du.

»Gut«, sagt dein Vater oder sagt *Papa* natürlich. Yiannis, dein Vater. Also Papa.

FW: E-Mail von Mama

Elza van Diepen <elza.van.diepen@hotmail.com>

an Jakob

Hast du meine letzte Mail bekommen? Zur Sicherheit schicke ich sie dir noch mal.

Ich habe auch wieder versucht, dich auf dem Handy anzurufen … Du hast da doch Empfang, oder?

Lieber, lass doch mal kurz von dir hören, wenn du das hier liest.

Kuss und noch einen Extrakuss von Mama

From: elza.van.diepen@hotmail.com

To: jakozerva@gmail.com

Subject: E-Mail von Mama

Date: Mon, 10 Aug 2015 16:47:09

Grüß dich, mein Herz,

wie schön es war, deine Stimme zu hören! Und du kannst dir nicht vorstellen, wie sehr ich mich freue, dass es dir dort so unheimlich gut gefällt. Doch, Ehrenwort!

Entschuldige, dass ich am Telefon so reagiert habe. Ich war

Auf den Plastikstühlen hinter den langen Reihen von Plastikgartentischen am Rand des mit tausend bunten Lichtern geschmückten Dorfplatzes sitzen die Leute in ihrer schönsten Kleidung und essen von Plastiktellern, trinken aus Plastikgläsern und singen und klatschen zu den munteren Klängen, die von der Musikerbühne herab über alles hinwegschallen.

Es ist voll auf dem Platz, brechend voll.

»Wo bleibt Puck?«, rufst du.

»Sie kommt gleich!«, ruft Micha. »Bestimmt ganz sicher. Du willst noch mehr essen?« Etwas weiter steht dein Vater mit zwei anderen Männern hinter einem riesigen Grill, auf dem allerlei Fisch und Fleisch vor sich hin schmort und aus dem große Rauchwolken aufsteigen. »Ich gehe und hole mir noch etwas.«

»Gut«, sagst du und mit euren leeren Tellern in den Händen zwängt sich Micha zum Rhythmus der Musik durchs Gewusel.

Fast wäre aus dem Fest nichts geworden. Oder na ja – nicht, dass dein Vater es absagen wollte, aber Pucks Eltern waren der Meinung, ihre Tochter sollte besser zu Hause bleiben. Als eine Art Strafe für vorige Nacht, und erst als Yiannis bei ihrem Ferienhaus vorbeischaute, durfte sie auf einmal doch. Du weißt nicht, was er gesagt hat, aber anscheinend hat es geholfen. Oder würde sie doch nicht kommen?

Du schaust um dich und siehst die alten Männer des Dorfes, die auf einigen Stühlen zusammensitzen und das Komboloi in ihren Händen immerfort im Kreis wirbeln. Du erkennst sogar den bärtigen Herrn Jorgos, der sich nie von seiner Stelle rührt, aber offenbar beschlossen hat, für diesen Abend eine Ausnahme zu machen. Inmitten der Gruppe von Männern entdeckst du eine Frau. Es ist Sophia, die Schönste des Dorfes. Die Königin mit ihren dreiundneunzig Jahren hat alle ihre Verehrer um sich versammelt. Du siehst Simon und Anastacía mit Liza und Anna bei dem Grill stehen, danach siehst du auch Gertie auf ihren hohen Absätzen mit Wein herumgehen und du siehst eine Menge kleiner Kinder, die in den Niederlanden ganz bestimmt längst ins Bett gemusst hätten, hier aber mit ihren Dreirädern und anderen Fahrzeugen zwischen allen hindurchflitzen. Nikos, der Bäcker, und Babis, der Metzger, unterhalten sich mit Alexandros, dem Hausvermieter, der verrückte Stefanos mit den Eseln sitzt stumm in einer Ecke hinter einem Teller und die nervigen Mopedtypen stehen mit ihren glänzenden Frisuren bei einer Gruppe von Mädchen und machen einen auf cool.

»Jaak!« Da ist Puck. Ein Glück. Endlich. Sie steht mit

ausgebreiteten Armen vor dem Plastiktisch, als wollte sie der Welt zeigen, dass sie erschienen ist. »Wie sehe ich aus?« Sie will es dir zeigen, aber du weißt nicht recht, was du antworten sollst. Sie trägt ihre kurze Jeans und ein hellblaues Hemdchen, nichts Besonderes eigentlich. Trotzdem sieht sie noch schöner aus als sonst. »Ich hatte überhaupt kein Kleid eingepackt«, sagt Puck. »Dann geht es eben auch so.«

»Du strahlst«, sagst du, ohne vorher sehr lange über diese beiden Wörter nachgedacht zu haben.

Sofort strahlt sie nur noch mehr. »Findest du?«

Ja, das findest du und so ist es ja auch. Irgendwie hat Puck es geschafft, auch ohne Festkleidung superfestlich auszusehen. Vielleicht sind es die Haare oder sonst ist es die Art, wie sie guckt. Wenn du dich nicht irrst, hat sie sich die Augen geschminkt und das dunkle Make-up bewirkt offenbar etwas ziemlich Außergewöhnliches.

Puck und Micha und du sitzt zu dritt an einem Tisch. Die paar leeren Stühle um euch herum gehören fast alle zu Leuten, die zwischendurch von ihrem Essen aufgestanden sind, um mitten auf dem Platz zu tanzen.

»Wollen wir auch gleich tanzen?«, fragt Puck.

Du willst Nein sagen, doch Micha ist schneller. »Ja«, sagt er. »Aber erst wir essen.«

Alle singen bei sämtlichen Liedern mit, die gespielt

werden. Die Leute klatschen dazu in die Hände und auch Micha beteiligt sich ausgelassen an allem.

»Woher kennst du die ganzen Texte?«, fragt Puck.

Micha zuckt mit den Schultern. Lieder mitsingen, hat er einmal gesagt, ist so etwas wie seine Schnürsenkel binden: Eines Tages weiß man, wie es geht, und von da an erscheint es einem vollkommen natürlich.

»Und tanzen?« Puck schaut ihn verliebt an, du kennst diesen Blick inzwischen. »Lernt man das auch von selbst?«

Micha grinst. »Gut.« Er steht auf. »Ich werde euch zeigen das. Kommst du, Jaak?«

Puck ist bereits aufgesprungen, aber du bleibst sitzen.

»Kommst du nicht mit?«, fragt Puck.

»Nachher. Geht ihr schon mal vor.«

»Warum?«

»Ich komme gleich, in Ordnung?«

Und dann zieht Micha sein Mädchen von dir fort und die beiden verschwinden im Gewühl.

Du sitzt noch immer am Tisch. Du isst nicht mehr (du hattest schon mehr als genug), aber aus einem ziemlich guten Grund bleibst du sitzen, wo du sitzt. Etwa zwanzig Meter weiter befindet sich ein Pärchen und hier vom Rand aus betrachtest du den Jungen und das Mädchen inmitten der Leute auf dem Platz. Sie tanzen miteinander, schon mehr als eine Viertelstunde lang. Jetzt küssen sie sich, es ist deutlich zu sehen.

Puck winkt dir zu. Du winkst zurück.

Nein, winkt sie, *das sollte kein Winken sein, sondern du musst herkommen!*

Du lächelst und schüttelst den Kopf, denn es ist nun mal so, dass du beschlossen hast, nie mehr zu tanzen.

Puck winkt weiter und du schüttelst weiter den Kopf, und dann siehst du, wie sie sich aus der Menge löst und auf dich zusteuert.

Also nein, du wirst jetzt wirklich nicht tanzen. Es ist ein Entschluss, den du vor gar nicht so langer Zeit gefasst hast, und es steht fest, dass du dich dein restliches Leben daran halten wirst.

»Jaak?« Puck bleibt direkt vor deinem Stuhl stehen. »Kommst du mit?«

»Nein.«

»Ach was, komm!«

»Ich kann nicht tanzen.«

Puck antwortet mit einem Lächeln. »Jeder kann tanzen.«

»Ich nicht.«

»Lieber, lieber Jaak …«

Von wegen, diesen Trick kennst du schon, daraus wird nichts. Ganz gleich, was sie versucht, du bleibst sitzen, wo du sitzt.

»Würdest du bitte-bitte mit mir tanzen?«

Das Lächeln auf deinem Gesicht lässt sich unmöglich unterdrücken. Trotzdem schaffst du es noch, Nein zu sagen, auch wenn es sich schon ein klein wenig wie Ja anhört.

»Jaak«, sagt Puck. »Steh auf. Jetzt. Ich werde nämlich mit dir tanzen.« Sie streckt dir eine Hand hin und du merkst, wie dein Arm nach dieser Hand langt, dein Hintern sich vom Stuhl löst und deine Beine sich strecken.

Hand in Hand bahnt ihr euch einen Weg zwischen den Tischen und Stühlen hindurch bis mitten zwischen die Leute auf dem Platz. Die Musiker auf der Bühne spielen die ganze Zeit fröhlich weiter.

Noch nie zuvor hast du so lange hintereinander die Hand eines Mädchens gehalten, weshalb du auch nicht gewusst hast, wie sicher sich so etwas anfühlen kann. Nicht sicher wie die kräftige Hand deiner Mutter, die dich als Kleinkind beim Überqueren der Straße festhielt, sondern sicher wie zehn warme Finger, die gemeinsam beschlossen haben, dass sie unbesiegbar sind.

»Jaaakob!« Micha hüpft ausgelassen herum, Puck lässt deine Hand los – ciao Unbesiegbarkeit – und sofort bewegen sich die zwei wieder nach der Musik.

Eine volle Sekunde stehst du da, mit herabhängenden Armen. Der Platz wird zur Turnhalle der Schule, jeder Grieche ein Kind aus deiner Klasse. Es ist Abschlussfest, Sechstklässler-Disco.

»Komm, mach auch schön mit!« Die Mutter von Xander; sie riecht nach demselben süßen Waschmittel wie ihr fürchterlicher Sohn. »Macht zusammen doch viel mehr Spaß, oder?«

Es ist dir gelungen, fast zwei Stunden lang unsichtbar zu bleiben, bis zu dem Augenblick, als dich diese süße Mutter auf den Tanzboden schiebt. Die Bässe dröhnen aus den Lautsprechern, deine Klassenkameraden springen wie verrückt durch die Gegend.

Du bewegst einen Arm, dann den anderen und versuchst danach irgendwas mit den Beinen. Es sieht irgendwie nach gar nichts aus.

»Leute, guckt mal!«

Du weißt noch nicht mal, wer es ruft.

»Jakob tanzt!«

Tanzt. Es klingt, als ob du nackt dastehen würdest. Alle schauen zu dir, alle lachen.

»Jakob?«

Zwei Hände greifen nach dir, du bist wieder auf dem Platz.

»Jaak?«

Die Sechstklässler verschwimmen, die hämmernden Bässe schweigen und die Turnhallenfenster hören auf zu zittern. Puck und Micha drehen dich im Rhythmus der Musik im Kreis, und ohne überhaupt weiter über irgendwas nachzudenken, bewegst du dich zusammen mit ihnen.

Ihr dreht euch und springt und winkt und zu dritt fliegt ihr über den Platz.

Griechische Feste sind anders, ganz anders. In nichts ähnelt das Fest den Feiern, die du kennst, und vielleicht ist das auch der Grund, weshalb du jetzt in diesem Augenblick genau das tust, was wirklich niemals mehr zu tun du dir so feierlich geschworen hattest.

»Schau mal, deine Eltern!«, ruft Micha plötzlich.

»Mist«, sagt Puck, aber sie lächelt auch, denn ein Stück weiter vollführen sie mit ganz ernsthaften Mienen genau gleichzeitig lauter ziemlich eigenartige Schritte. »Weißt du, dass ich die beiden noch nie zusammen habe tanzen sehen?« Puck winkt ihrem Vater begeistert zu und fanatisch swingend winkt er ihr zurück.

Du denkst an deinen eigenen Vater und suchst mit den Augen den Platz ab. Du suchst und suchst und dann siehst du ihn. Direkt vor der Bühne steht Yiannis mit in die Luft erhobenen Armen und strahlt. Er bewegt sich zu der Musik und betrachtet innig zufrieden das Fest. Sein Fest, denn das ist es natürlich. Das beste Fest der Welt.

»Hoppa!«, ruft der Sänger mit der Lyra.

»Hoppa!«, rufen alle auf dem Platz.

Das war das Zeichen und alle Leute gehen rückwärts. Arme werden um Schultern gelegt und wie von selbst bildet sich ein großer Kreis.

Du tanzt.

Ehrenwort, du tanzt.

Die Jungs aus der Sechsten würden es nie glauben – die Mädchen übrigens auch nicht –, aber was wissen die denn überhaupt?

»Kommst du mit?«, tönt es neben dir in dein Ohr. Micha hat den linken Arm um deine Schulter gehängt, du deinen rechten um seine. Auf der anderen Seite hängst du genauso fest an Kostas, dem Eismann, der an einem dir unbekannten anderen Mann, der wiederum an der dicken Frau vom Supermarkt und so weiter, bis der Kreis aus mehr als dreißig Menschen fast rund ist und bei dem Mädchen endet, das an Micha festklebt.

Puck hat den linken Arm um seine Schulter gelegt und du spürst, wie die kleinen, blonden Härchen auf diesem Arm ganz leicht, aber gleichzeitig doch auch ganz deutlich gegen deinen eigenen Arm drücken.

»Wohin?«, rufst du zurück, um den Gesang und die griechischen Gitarren zu übertönen.

»Weg!«

Die Musik wird schneller und der Kreis trudelt wie ein Schwarm Stare über den Dorfplatz. In exakt demselben Moment machen alle zwei Schritte nach links, einen nach rechts und wieder zwei nach links. Du hast nicht geübt, nichts einstudiert. Niemand hat das übrigens. Es ist nicht miteinander vereinbart und doch wissen alle Vögel, wie und wann sie sich zu bewegen haben, und damit auch du. Es ist ein tanzendes Wunder.

»Weg«, sagt Micha noch einmal.

Du fragst, warum, und dein bester Freund zeigt mit einem Kopfnicken auf das Mädchen zu seiner Rechten. »Ihre Idee.«

Das Tempo steigert sich noch etwas, der Kreis schwingt und dreht sich und du willst nie mehr aufhören zu tanzen. Das hier ist ein Traum. »Geht ihr nur!«, rufst du, während sich deine Füße mit denen aller anderen vor und wieder zurück bewegen.

»Wieso?«

Sie können dich bei der Hand nehmen und sie können mit dir tanzen, sie können dafür sorgen, dass du länger auf der Insel bleibst, und mit dir zu den Sternen sehen, aber das Ende vom Lied ist doch, dass sie miteinander gehen (oder wie man das auch nennt). Und du eben nicht.

»Ihr wollt doch auch mal zusammen sein!«, rufst du. »Zu zweit!«

Micha dreht sein Gesicht zu Puck, sie beratschlagen miteinander. Die Musik spielt fröhlich weiter, deine Arme sind fest um zwei Schultern gelegt und deine Beine federn hin und her.

Aufwachen!

Eine schmale Hand zwickt dich sanft in den Arm. Direkt hinter dem breiten, braungebrannten Rücken deines Freundes sind aus den Härchen Finger geworden. Das macht sie doch sicher mit Absicht? Das kann doch fast nicht anders sein? Niemand sieht es. Du fühlst es. Und du weißt, dass sie dich mithaben will.

Wir gehen, sagt Pucks Hand zu deinem Arm. *Und zwar zu dritt.*

»Und wohin gehen wir?«, fragst du.

Ihr lauft vorbei an den Plastiktischen mit lauter halb leer gegessenen Tellern, abgenagten Melonenschalen und Flaschen mit (oder schon ohne) Bier und Wein und noch stärkerem Alkohol. Puck etwas abzuschlagen ist nun mal unmöglich.

Die Musiker haben eine kurze Pause eingelegt, der Kreis ist kein Kreis mehr. Die meisten Leute setzen sich wieder hin, um sich auszuruhen und Kräfte für den nächsten Tanz zu schöpfen.

»Ich würde sagen, zum Meer«, sagt Puck.

»Ich auch«, sagt Micha.

Ich auch, musst du jetzt sagen und tust es.

Auf der Kirchturmuhr ist es Viertel nach eins. In der Nacht. Du kannst dich nicht erinnern, jemals so lange aufgeblieben zu sein, obwohl es natürlich gut sein kann, dass es gestern in den Bergen noch später war.

»Sollten wir nicht besser Bescheid sagen, dass wir gehen?«, fragst du. »Nachher suchen sie uns wieder und machen sich Sorgen.«

Puck zeigt auf den Platz. »Denkst du, die machen sich Sorgen?«

Du siehst, wie ihre Eltern halb über einen der Tische hängend eifrig mit Simon und Anastacía und noch ein paar anderen Leuten im Gespräch sind. Wenn man beschreiben müsste, wie ein betrunkener Mensch aussieht, könnte man zweifellos jeden von diesem Tisch als Beispiel nehmen.

»Wir kommen ja zurück wieder«, sagt Micha. »Gehen wir jetzt?«

Eine Hand auf dem Platz geht in die Höhe. Es ist Yiannis, er hat dich gesehen. Du gestikulierst, dass ihr mal kurz weg seid, und dein Vater lächelt und streckt den Daumen in die Luft.

Dann huscht ihr vom Platz und rennt durch Gassen und Straßen in Richtung Meer, bis mitten auf den Strand, wo Micha sich der Länge nach in den Sand fallen lässt. Puck und du plumpst neben ihn.

Der Strand ist nachts ganz anders als tagsüber. Nicht kalt, das keineswegs, sondern schwärzer und leerer – außer euch ist niemand sonst da – und dadurch auch geheimnisvoller.

»Wollen wir schwimmen gehen?«, fragt Puck.

Du lachst und schaust zu deinem Freund. Der lacht auch. Ehrlich gesagt weißt du nicht sicher, warum ihr das tut.

»Es ist so dunkel wie Teer«, sagt Micha.

»Na und?« Puck versucht es bei dir. »Kommst du mit ins Wasser?«

Du lachst noch immer und zuckst mit den Schultern.

»Weicheier«, sagt Puck. Sie steht auf, fegt sich den Sand von den Beinen und knöpft ihre kurze Jeans auf.

Du bewegst den Kopf etwas zur Seite, zu deinem Freund, wie um dich zu vergewissern, dass du Puck in diesem Moment überhaupt anschauen darfst. Sie ist Michas Mädchen – das ist eine Tatsache –, also musst du nicht eigentlich die Augen schließen und warten, bis sie außer Sichtweite ist? Aber Micha dreht sich kurz zu dir und lächelt. Du darfst.

»Das Meer ist wirklich nicht so kalt in der Nacht.« Puck steigt aus ihrer kurzen Hose. Sie hat eine gepunktete weiße Unterhose an, siehst du, obwohl dir plötzlich und zum ersten Mal in deinem Leben klar wird, dass das Wort *Unterhose* im Bezug auf Mädchen einfach ziemlich albern klingt. Du schaust nochmals zur Seite. Micha lächelt immer noch.

»Ihr seid ja vielleicht Feiglinge!«, sagt Puck. Sie steht direkt vor dir, die Hände in die Hüften gestemmt.

»Wir?« Micha grinst. »Sind wir das, Jaak?«

Du sagst nichts. Und auf einmal weißt du: *Das hier ist ein Spiel.* Es ist ein Spiel für drei, so viel ist klar, und es scheint, als ob Puck und Micha die Regeln kennen.

Puck ist wieder dran, sie macht einen neuen Zug. Du siehst, wie sie ihr Hemdchen mit zwei Händen von unten anfasst, es mit einer Bewegung links herum über den Kopf zieht und neben ihre Hose und die Latschen in den Sand fallen lässt. Sie trägt das knallgelbe Oberteil ihres Bikinis.

Wieder schaust du zur Seite und genau gleichzeitig schaut Micha zu dir. *Siehst du, wie fantastisch sie ist?*, funkeln seine Augen. *Ich sehe es,* antwortest du wortlos. Und du siehst es wirklich.

»Wisst ihr was?«, sagt Puck. Sie hat eine Sechs gewürfelt, darf also noch einmal. »Seht doch selbst, wo ihr bleibt. Ich gehe hinein.« Sie rennt zum Meer und innerhalb von drei Sekunden hat sie sich in dem teerschwarzen Dunkel aufgelöst.

Wenn man genau achtgibt, hört man in der Ferne das Fest. Viel näher taucht ein gepunktetes dreizehnjähriges Mädchen in das wirklich nicht so kalte Wasser, dessen Wellen dadurch ein klein wenig anders ans Ufer schlagen als sonst.

»Was machen wir?«, fragst du.

Micha lächelt, winkelt die Knie an und umfasst sie mit seinen Armen. »Ich gehe nicht rein.«

»Nein.« Du schüttelst den Kopf. »Ich auch nicht.«

»Kannst aber schon«, sagt Micha.

Die Musik weht über den verlassenen Strand. Hunderttausende kleine Tropfen prallen in diesem Moment auf zwei Arme und Beine, auf einen Rücken und einen Bauch und spülen als kleine Wellen an, die es ohne Puck im Meer so nie gegeben hätte.

»Nein«, sagst du wieder, und ohne dass du es willst, denkst du an Yiannis und das verrückte Liebesgespräch nach dem Omelett. Du versuchst, seine Worte von dir abzuschütteln, aber irgendwie geht das nicht und die Stimme deines Vaters klingt nur umso klarer in deinem Kopf. Es ist wie mit diesem Elefantenwitz. Jemand sagt, man solle bloß nicht an einen rosa Elefanten denken, und gerade dadurch kann man an nichts anderes mehr denken.

»Ich liebe Puck«, hörst du neben dir.

Als sie noch nicht da war, hat Micha in genau dieser Art gesagt, er wäre in sie verliebt. Du hast früher nie so darüber nachgedacht, aber verliebt sein und jemanden lieben sind zwei ganz verschiedene Dinge. Du liebst deine Mutter zum Beispiel, aber du bist natürlich nicht in sie verliebt.

»Weiß ich«, antwortest du.

»Und dich.« So wie Micha es sagt, klingt es ganz normal, überhaupt nicht merkwürdig oder so. »Beide euch«, ergänzt er.

Du nickst.

»Findest du das verrückt?«

Du schüttelst den Kopf. *Ich auch, ich auch,* tost es in dir, aber aus deinem Mund würde das jetzt ganz bestimmt ziemlich lächerlich klingen.

»Jaak?« Micha ist auf einmal ganz ernst. »Ich finde, das hier ist der beste Sommer überhaupt.«

»Ich auch«, antwortest du, denn ja, jetzt traust du dich doch.

»Das ich meine so, ja?«, fährt Micha fort. »Du weißt noch von meinem Wunsch gestern in den Bergen?«

Du nickst wieder. Was er da gesagt hat, wirst du nie vergessen.

»Wenn das echt ginge, ich würde das sofort tun.« Micha guckt noch ernster als vorhin. »Ich meine das so, ja? Verstehst du? Wirklich so. Und Puck auch, das ich bin sicher.«

Du weißt nicht recht, was du sagen sollst. Dass ihr noch jung seid, wäre eine Möglichkeit, aber das ist dumm – und zu behaupten, dass es später wohl geht, ist vielleicht noch viel dümmer. »Es ist unmöglich«, hörst du dich dann sagen, aber das ist das Dümmste von allem.

»Schade doch, das ist so«, sagt Micha.

»Ja.« Du bist noch nie so unheimlich seiner Meinung gewesen. »Sehr, sehr schade.«

Die Wellen kabbeln, Schritte sind zu hören und dann kommt ein nasser und zitternder Körper aus dem schwarzen Nichts hervor.

»Habt ihr mich ein bisschen vermisst, Weicheier?« Puck rückt nahe an euch heran, so als wäre auf dem großen Strand nicht mehr Platz als dieser winzig kleine Fleck genau zwischen Micha und dir. Die Musik vom Fest hängt immer noch in der Luft.

»Kalt?«, fragt Micha.

Ja, darum sitzt sie natürlich so da. Aber sie verneint es.

»Tu du bloß nicht so jetzt.« Micha lacht und zieht sein T-Shirt aus. »Hier.«

Puck nimmt das viel zu große weiße Shirt und zieht es über ihre nassen Haare an. »Habt ihr über mich geredet?«

»Nein«, sagst du, aber Micha bejaht es gleichzeitig.

»Also doch.« Puck klingt, als würde ihr das gefallen. »Hab ich mir schon gedacht«, sagt sie. »Hoffentlich etwas einigermaßen Gutes?«

Etwas Schlechtes würde dir gar nicht einfallen.

»Dass ich das liebste Mädchen der Welt bin und so?«

Micha lacht wieder. »Das hättest du wohl gerne, was? Aber wir haben geredet über die ganz andere Art Sachen. Nicht wahr, Jaak?«

Du verstehst nicht ganz, worauf er hinauswill.

»Ach, tatsächlich?« Puck schaut dich von ganz nah an, sodass es dir wirklich so vorkommt, als könnte sie – obwohl das unmöglich ist – deine Gedanken lesen. Du versuchst, so schnell du kannst, an etwas anderes zu denken, aber der rosa Elefant marschiert mal wieder mitten durch alles hindurch. Die Geräusche des Fests hallen währenddessen immer lauter über den Strand.

»Du zitterst ein bisschen«, sagst du. *Warum sagtest du das?*

Puck zieht ihre Beine an.

»Wenn dir kalt ist, du musst tanzen«, sagt Micha.

»Mach du doch«, reagiert Puck. »Dann schauen wir beide dir zu. Davon wird mir von selbst wieder warm.«

Es klingt etwas merkwürdig, findest du, aber Micha sieht das anders. »Gut«, meint er, springt auf und schon bewegt er sich direkt vor eurer Nase zu der Musik.

»Jaaaa!«, ruft Puck. »Jetzt flippt er aus!«

Micha tanzt ohne jedes Zögern im Leib. Er singt ein paar griechische Worte dazu und seine Beine und Arme schießen in sämtliche Richtungen. Puck und du müsst lauthals lachen. Micha stampft immer wilder im Sand herum und es scheint ihm vollkommen egal zu sein, wie das aussieht.

»Du bist irre!«, ruft Puck. »Du bist irre und großartig und auch so was von süß!« Ihr Bein klebt an deinem, so wie damals bei dem Zombiefilm, aber jetzt fühlt es sich wärmer an. Kochend heiß fast. Kommt es dir nur so vor oder ist sie noch näher an dich herangerückt?

Micha tanzt und tanzt und tanzt, und in diesem Moment weißt du sicher, dass du ihn liebst.

»Er benimmt sich ein bisschen merkwürdig«, flüstert Puck dir ins Ohr.

Und sie. Sie auch. Sehr sogar.

»Ja«, flüsterst du zurück. »Ein bisschen schon.«

»Was ihr beide tuschelt da?«, ruft Micha immer noch weitertanzend. »Das ist verboten, hört ihr?«

»Dann komm doch her!«, sagt Puck.

Micha fliegt auf sie zu, landet fast auf ihr. Sie sitzen nah, ganz nah neben dir, die zwei, und sofort küssen sie sich wieder.

Es gibt Küssen und Küssen und das hier ist … ja, Küssen. Ein paarmal schon haben sie das gemacht, während du dabei warst, aber diesmal scheinen sie vollkommen vergessen zu haben, dass du noch da bist. Du weißt nicht, wohin mit dir, was du tun sollst oder wie du da einfach so unsichtbar werden kannst.

Sie küssen sich, sie küssen sich immer noch. Du hast wirklich nicht die geringste Ahnung mehr, wohin du noch schauen sollst, und irgendein Krabbeltierchen vom Strand kriecht dir übers Bein. Du willst es wegwischen. Es fühlt sich an wie eine Hand.

Eine Hand.

Ja, sie küssen sich immer noch, aber währenddessen hat Puck eine Hand auf dein Bein gelegt. Die Finger ihrer linken Hand liegen ganz locker auf dem nackten Streifen zwischen deiner Hose und deinem Knie.

Du hältst den Atem an. So sehr, wie du es vorher noch nie getan hast.

Die Finger bleiben einfach liegen, sie bewegen sich sogar. Ganz ruhig und lieb – ja, es ist lieb, es fühlt sich lieb an – streichelt Puck über dein Bein. Dann dreht sie den Kopf zur Seite, weg von Micha, und kurz bevor es so weit ist, weißt du schon, dass es passiert.

Du küsst sie. Du küsst sie jetzt. Ihr küsst euch.

Die Finger schließen sich um dein Bein und ihre weiche Zunge bewegt sich schön – ja, es ist schön, es fühlt sich schön an – in deinem Mund.

Nein, warte!

Deine Lippen lösen sich von denen Pucks und du schaust sie an. »Dürfen wir das?«, hörst du dich fragen.

Es klingt wie die eigenartigste Frage der Welt, aber Puck nickt nur.

»Ja, aber Micha …«

»Es ist gut, Jaak«, flüstert Puck. Sie gibt dir einen kurzen Kuss, eher ein Küsschen eigentlich. »Lieber Jaak.«

Du schaust über ihre Schulter, Micha lächelt dich an. Es scheint klar, was dieses Lächeln bedeutet.

Puck dreht sich zu Micha und sie küssen sich wieder. Du lachst. Nicht laut oder so – natürlich nicht –, aber in dir drin tost alles, was auch nur irgendwie tosen kann. Puck dreht sich wieder zu dir. Jetzt weißt du, wie es geht.

Im Dorf herrscht noch tiefe Ruhe. Du bist schon wach. Kann auch sein, dass du die ganze Nacht nicht geschlafen hast. Als du auf deiner zum Bett umfunktionierten Couch lagst und es plötzlich schon wieder hell um dich geworden war, fiel es dir schwer, das mit Sicherheit zu sagen.

Du gehst durch die Straße mit den noch geschlossenen Geschäften, biegst links in eine Seitenstraße ein, nimmst eine weitere Seitenstraße und eine dritte in Richtung Meer.

»*Kalimèra*«, sagst du zu dem kahlköpfigen Jorgos mit seinem Bart, der auf dem Schaukelstuhl vor seiner Tür sitzt, sich nie von seinem festen Platz zu entfernen scheint, gestern Abend aber doch tatsächlich woanders war.

»Kalimèra«, murmelt Herr Jorgos zurück. Und nickt zufrieden, bestimmt hielt er das Fest auch für gelungen.

Als du vorhin losgegangen bist, hattest du keine Ahnung, wohin. Du bist aus deinem Bett gestiegen, hast eine Hose und ein T-Shirt angezogen und bist auf Zehenspitzen nach unten geschlichen. Da hast du deine Plastiklatschen übergestreift, die große Restauranttür geöffnet und bist hinaus auf die Gasse getreten. Einfach so, ohne Grund, gingst du anschließend durch das Dorf, von Straße zu Straße, aber jetzt hat es den Anschein, als würden dich deine Beine genau wie bei dem magischen Getanze auf dem Platz wie von selbst in eine Richtung lenken.

Du kommst an den leeren Terrassen der breiten Strandpromenade vorbei. Ein Mann mit einer Zigarette im Mundwinkel fegt mit einem Besen über die Steine, die an keinem einzigen Stück der Promenade dieselbe Form haben. Vor weniger als acht Stunden hat er aus voller Brust fast alle Lieder mitgesungen, jetzt bereitet er sich schon wieder auf die ersten Strandgäste vor, die sich gleich hoffentlich für die Stühle vor seinem Restaurant entscheiden werden. Er nickt dir zu, du nickst zurück.

Das Meer ist ruhig, die Sonne wird schon wieder genauso grell wie an allen vorherigen Tagen. Du gehst weiter über die Straße zwischen den kleinen Restaurants und dem Strand, so wie du es kurz vor deiner ersten Begegnung mit Micha getan hast. Damals warst du böse, jetzt ist es etwas völlig anderes.

Da in der Ferne ist schon die kleine Mauer und mit jedem Schritt, den du näher kommst, merkst du, wie das merkwürdige Gefühl in deinem Leib stärker wird. Jemand sitzt darauf, siehst du, auf demselben Platz, auf dem Micha und du immer sitzt. Du erkennst einen nackten Rücken und einen dunklen Haarschopf und jetzt weißt du, wer es ist. Oder hast du es schon die ganze Zeit gewusst?

Du stehst vor der Mauer – eurer Mauer. Micha dreht sich um und wirft dir einen kurzen Blick zu. Er sagt nichts. Einen Augenblick zögerst du, dann setzt du dich neben ihn und schweigst mit ihm mit. Du siehst die gelben Latschen, die vor ihm im Sand liegen, schüttelst deine eigenen blauen Exemplare von den Zehen und lässt sie daneben fallen.

»Micha?«, traust du dich endlich.

»Jaak?«

»Bist du böse oder froh?«

»Wie du meinst das?«

Deine braunen Beine baumeln kurz über dem Boden, neben Michas Stelzen (genauso braun, aber mit sehr viel mehr kleinen schwarzen Härchen drauf), die schon zu lang sind, um noch baumeln zu können. Seine zwei großen nackten Füße sind fest mit den Fersen in den weichen Sand gegraben und zum ersten Mal in diesem endlosen Sommer fragst du dich, welche Schuhgröße Micha wohl hat.

»Wie du meinst das jetzt?«, fragt er wieder.

»Na ja«, sagst du, denn du meinst es so, wie du es sagst. Böse oder froh, entweder oder. Du hast ziemlich lange darüber nachgedacht (die halbe Nacht) und bist dir ziemlich sicher, dass es eins von beiden sein muss.

Stundenlang hast du auf dem dünnen Laken deiner Bettcouch gelegen und in das schwarze Nichts des stockdunklen und glutheißen Zimmers gestarrt, und die ganze Zeit ist überhaupt kein anderes Gefühl in dir aufgekommen. Böse oder froh. Eine dritte Möglichkeit scheint es nicht zu geben.

»Warum böse?«, fragt Micha.

Du zuckst mit den Schultern und schaust über das Wasser.

»Jetzt rückt mal, ihr beiden.«

Micha und du dreht euch gleichzeitig um. Da steht Puck. Sie trägt ihre grüne kurze Hose, eine schwarze Sonnenbrille, die du noch nie an ihr gesehen hast, und noch immer – oder schon wieder – das weite, weiße T-Shirt deines Freundes.

Du denkst: ihres Freundes, denn Tatsache ist, dass Micha Pucks Freund ist. Sein Mädchen, ihr Freund. So ist es doch einfach?

Micha rutscht ein kleines Stück von dir weg, Puck steigt auf die Mauer und zwängt sich zwischen euch. Du wagst es kaum, sie anzusehen.

»Tja ...«, beginnt Puck.

»Ja ...«, sagt Micha.

Danach ist es still. Du möchtest tausend Dinge gleichzeitig rufen und fragen, aber von allen Sätzen, die sich in deinem Kopf befinden, scheint kein einziger für diesen Moment zu passen.

Puck streift ihre Strandlatschen ab, oben auf den Latschenstapel.

Micha schweigt, Puck schweigt und du schweigst, und höchstwahrscheinlich schweigt ihr länger, als ihr es je miteinander getan habt.

Ich will sie küssen.

Es schießt dir ebenso schnell wie scharf durch den Kopf, und um ehrlich zu sein, wundert es dich, dass ein derartig merkwürdiger Gedanke offenbar einfach so in einem Menschen aufkommen kann.

Küssen, küssen, küssen!

So rast es in dir und du verspürst sogar so viel Kusslust, dass du dich am liebsten zur Seite gedreht und deine Lippen auch tatsächlich auf Pucks Mund gedrückt hättest. Es ist, als würdest du mit einer Tüte Lakritze im Flugzeug sitzen. Bevor du die Tüte aufgemacht hast, hattest du noch keine Ahnung, wie gut es schmecken würde, aber nachdem die Verpackung einmal aufgerissen ist, kannst du nicht mehr aufhören zu futtern. Und jetzt ist die Tüte leer oder vielleicht auch nicht, aber das, was noch darin ist, ist jedenfalls nicht für dich.

Zwei Jungen und ein Mädchen sitzen nebeneinander auf der Mauer zwischen der Hauptstraße und dem Muschelscherbensteinchenstrand und legen sich ins Zeug für einen Schweigerekord. Die Zeit, die ihr macht, wird immer rekordverdächtiger und bei der Weltmeisterschaft im Schweigen hätte sie euch zweifellos eine Medaille eingebracht.

Halt! Stopp die Zeit.

Hast du etwas gehört?

Erst ist es Micha, der leise kichert, fast sofort kichert es auch neben dir los und der dritte Dominostein bist du selbst. Dann geht euer Kichern in ein vorsichtiges Lachen über, und als wäre das noch nicht genug, wird daraus auch noch ein gemeinsamer Lachanfall.

Da sitzt ihr, beste Freunde, nebeneinander und lacht dermaßen laut, dass ihr beinahe von der Mauer fallt. Ihr lacht über ein und dasselbe – da bist du dir sicher –, und das ist in diesem Moment das Witzigste auf der Welt.

Puck fällt vor Lachen die Sonnenbrille von der Nase, und weil ihr ohnehin schon so lustig seid, ist die heruntergefallene Brille auf einmal natürlich auch sehr witzig. Erst scheint es, als wollte Puck sie aufheben, aber stattdessen legt sie beide Arme um Micha und um dich.

Das Lachen wird weniger, leiser, wie ein Lied, das langsam erstirbt und zum Schluss ganz aufhört.

»Ich auch«, sagt Puck dann.

»Ich auch«, sagt Micha und du im Chor.

Und ja, da legt ihr schon wieder los. Es war längst noch nicht das Ende vom Lied, das hat nur so ausgesehen. Jemand hatte nur kurz auf Pause geschaltet, und nachdem der Knopf ein zweites Mal gedrückt wurde, knallt euer Lachanfall einfach wieder durch.

Deine Augen sind keine drei Zentimeter von einem so gut wie nackten Stück Mädchenrücken entfernt.

Nichts ist mehr dasselbe heute, so als würde alles, was ihr tut, im Zeichen von etwas anderem stehen. Was dieses *andere* allerdings genau ist, weißt du nicht, aber die Wahrscheinlichkeit, dass es mit gestern zusammenhängt, erscheint dir ziemlich groß.

»Wie fahren wir?«, ruft Puck nach hinten.

»Immer geradeaus!«, ruft Micha zurück.

Nach dem fast endlosen Lachen auf der Mauer hat er eine Fahrradtour vorgeschlagen. Du fragtest, wohin denn, und da sagte Micha, er wüsste einen guten Ort. Bisher seid ihr noch nicht zusammen Fahrrad gefahren, aber weil heute ohnehin nichts so ist wie sonst, passt es zu diesem Tag.

Micha sitzt auf seinem eigenen Mountainbike (ohne Gepäckträger), Puck auf dem Sportrad von Simon (mit). Du sagtest, du würdest fahren, aber Puck hielt das für Unsinn.

»Das ist wieder mal typisch Jungs«, meinte sie kopfschüttelnd. »Dachtest du vielleicht, ich könnte dich nicht halten?«

Jetzt sitzt du also hinten bei Puck auf dem Gepäckträger. Der Wind streicht dir über Arme und Beine und ab und zu schleift einer deiner Fußlatschen aus Versehen über die sandige Straße.

»Sitzt du gut?«, fragt Puck nach hinten.

»Ja.«

Mit einem Bein links und einem Bein rechts hältst du dich im Gleichgewicht. Manche Leute springen erst nach dem Anfahren hintendrauf und sitzen mit zu einer Seite weggestreckten Beinen, so wie vornehme Damen früher auf Pferden in so Filmen mit Menschen in langen Kleidern und mit Zylinderhüten. Aber wie das auf einem Fahrrad genau funktioniert, hast du noch nie gewusst, und darum sitzt du jetzt so, wie du sitzt.

»Hältst du dich auch gut fest?«

Du hast die Hände um den Gepäckträger geklammert. Deiner Meinung nach der beste Ort für sie, obwohl auch Pucks wehende weiße T-Shirt-Taille eine Möglichkeit wäre.

»Nicht runterfallen, hörst du?«

»Nein, nein.«

Deine Aussicht ist die Rückseite eines gelben Bikinis, der gerade noch aus dem tief hängenden Rand des Shirts herausschaut. Puck hat die Bändchen wie Schnürsenkel verknotet; ihre losen Enden schwingen hin und her. Du studierst die winzigen Härchen auf dem nackten Stückchen Rücken, feiner noch als die auf ihrem Arm, die du (weil du ihr so unheimlich nahe bist) noch nie so gut hast betrachten können.

Du siehst ein paar Leberflecken, die zusammen ein Sternbild ergeben. *Die Nymphe.* So nennst du das soeben entdeckte Sternbild, aber kaum hast du dir diesen Namen ausgedacht, findest du ihn schon ziemlich dumm.

»Mensch, seid ihr lahm!« Micha crosst an euch vorbei und lässt das Hinterrad absichtlich einmal durchdrehen.

»Na warte!«, ruft Puck. Sie tritt schneller in die Pedale und du hältst dich noch etwas besser am Gepäckträger fest. Sie dreht den Kopf kurz nach hinten. »Bist du noch da?«

»Ich schon, ja!«

»Schön. Dann wollen wir es diesem Irren mal kurz zeigen.« Puck tritt nochmals schneller – so schnell sie kann wahrscheinlich – und du spürst die Sehnsucht aufkommen, deinen Kopf auf ihren Rücken zu legen. Am liebsten würdest du dich einfach kurz mit deiner Wange und deinem Ohr an ihn lehnen, seine Wärme spüren und sonst nichts. Früher bei deiner Mutter hintendrauf war das schön und jetzt stellst du es dir auch schön vor, allerdings doch anders als damals.

Anders. Anders. Heute ist alles anders.

Micha geht voran über einen felsigen Pfad, der kein richtiger Pfad ist. Er hat den Rucksack von damals auf, vom Sternegucken. Die Räder liegen am Straßenrand.

»Gebt acht«, sagt Micha. »Nicht ausrutschen.« Unten an den Felsen ist eine kleine Bucht, wo ihm zufolge nie jemand hinkommt. »Die Touristen kennen nicht das hier.«

Puck springt den letzten Felsen hinunter. »Juhuu!« Sie rennt über den leeren Strand zum Wasser, das Shirt und ihre Fußlatschen und die Sonnenbrille und die kurze Hose bleiben auf halber Strecke im Sand liegen. Es ist ziemlich stark, findest du, dass Puck besonders die Hose irgendwie ausbekommen hat, ohne auch nur einen Moment stehen zu bleiben.

Sie dreht sich kurz um und winkt euch. Ihr Bikinihöschen ist nicht gelb wie das Oberteil, sondern dunkelblau mit orange. Es gehört nicht zusammen und doch passt es. Du siehst, wie Puck schnell und spritzend ins Meer läuft, losschwimmt und untertaucht. Da ist sie wieder, sie winkt noch einmal.

»Kommst du?«, fragt Micha. Er setzt seine Füße in den Sand und du gehst hinter ihm her. Ihr zieht eure T-Shirts aus, lasst sie bei euren Latschen und dem Rucksack liegen und rennt ins Meer.

Das Wasser ist warm und ruhig, du lässt dich einfach treiben und dann merkst du, wie müde du eigentlich bist. Das kommt davon, wenn man eine Nacht nicht schläft.

»Jaak, guck mal!« Puck klettert auf Michas Schultern, springt mit einem Schrei von ihrem lebendigen Sprungbrett und macht einen Handstand unter Wasser. Ihre Füße und Knöchel ragen kerzengerade in die Luft.

Du hast es Puck schon hundertmal zuvor tun sehen, aber irgendwie sah das Auf-den-Händen-im-Meer-stehen-Kunststück noch nie so aus wie jetzt. Micha taucht seinem Mädchen hinterher und nach einigem Gebalge in einer Welle tauchen sie zusammen prustend und lachend wieder auf.

Küssen. Hat man es irgendwann zum ersten Mal gemacht, geht es einem also nicht mehr so leicht aus dem Sinn. Heute Nacht hat jemand irgendwo da oben einen kleinen Schalter umgelegt und ab jetzt brennt in deinem Kopf fortwährend eine Leuchte.

»Komm schon, Jaak!« Micha winkt. Derselbe Micha, der dein bester Freund ist, der zu dritt in einem Haus wohnen will und der dich sein Mädchen hat küssen lassen. Aber stimmt Letzteres auch? Es hat es ja schließlich nicht vorgeschlagen oder so oder gesagt: *He, ich habe eine gute Idee. Was, wenn ihr beide euch jetzt …?* Nein, so war das nicht und Micha hat auch nicht gesagt, ihr dürftet es oder er fände es nicht schlimm. Er hat überhaupt nichts gesagt, sondern nur gelächelt.

»Jaak? He!« Micha ist zu dir geschwommen, zieht dich grinsend an deinem Arm in die Tiefe und lässt dich ein paar Sekunden strampeln.

Als dein Kopf wieder über Wasser ist, schwimmt Puck neben dir. Sie lacht und die kleine Leuchte in dir schickt ein ziemlich heftiges Signal zu deinen Augen, die immer nur auf einen Mädchenmund gucken können, dessen Bild in dein Gehirn zurückgeworfen wird, das das wieder an deine eigenen Lippen weitergibt, die sich wiederum auf diesen Mund drücken wollen, aber doch auch wissen, dass so etwas nicht geht, und stattdessen ein Signal an eine deiner Hände geben, die jetzt, ohne dass dein Gehirn davon weiß, auf einmal deine Lippen befühlt.

Klingt alles sehr kompliziert, aber letztendlich läuft es darauf hinaus, dass du direkt vor Pucks Nase an deinem Mund herumfummelst (was ziemlich dumm aussehen muss), und weil sie nicht auf die Idee kommen soll, dass du die ganze Zeit über nur ans Küssen denkst – das wäre doof –, tust du jetzt so, als hättest du Salzwasser in den Augen, und verschiebst deine Finger möglichst unauffällig von den Lippen nach oben.

»Salz im Auge?«

Du nickst und reibst dir ziemlich fanatisch das angebliche Meerwasser aus dem Gesicht. Puck schwimmt bis genau vor dich und bewegt ihre Hand zu deinem Kopf. »Zeig mal.«

Es ist nichts zu sehen – natürlich nicht, selbst wenn man Wasser in den Augen hat, ist nichts zu sehen – und doch hält sie ihre Hand an deine Wange und guckt und dann sagt sie: »Nichts Schlimmes, glaube ich.« Sie zieht ihre Hand wieder zurück und dein Kopf ist so rot wie nur möglich, weil alle Sicherungen gleichzeitig durchgebrannt sind.

Puck und Micha sind gar nicht mehr aus dem Meer herauszubekommen. Während du längst wieder zurück an dem kleinen Strand bist, machen sie immer noch im Wasser herum.

Manchmal ist es, als würden sie miteinander tuscheln. Reden sie von heute Nacht? Von dir? Es kann fast nicht anders sein und irgendwie ruft das bei dir ein unangenehmes Gefühl hervor, als würden die beiden dich da in den Wellen ausschließen und heimlich über dich witzeln.

Jakob? Der küsst wie ein Trottel.

Haha.

Doch, echt!

Wundert mich überhaupt nicht.

Aber einen Moment später weißt du wieder ganz sicher, dass deine Angst vollkommen unsinnig ist und dass die zwei da im Wasser genauso über dich denken wie du über sie.

Dein Vater fragte, ob du verliebt bist. Du konntest ihm nicht antworten. Du wusstest es nicht oder wolltest es nicht. Was wolltest du eigentlich nicht? Deinem Vater antworten oder verliebt sein? Jedenfalls steht fest, dass du bisher nicht gewusst hast, dass das Leben so unheimlich kompliziert ist.

Verliebt in Puck, hat dich dein Vater gefragt, oder vielleicht auch in Michális? Du betrachtest diesen Jungen und das Mädchen im Meer. Sie sind nett und lieb und schön auch, aber Puck willst du die ganze Zeit einfach nur küssen und Micha … nicht, oder? Nein, da bist du dir sicher. Er ist groß und stark, mit sprühenden Augen und einem großartigen Lachen, und du kennst keinen Jungen auf der ganzen Welt, der witziger ist und bei dem du lieber sein wolltest. Aber ihn küssen, das muss offenbar nicht sein.

Heißt das also, dass du auf *Mädchen* stehst? Es ist eine Frage, auf die du vorher noch keinen Gedanken verschwendet hast, aber wenn du nun darüber nachdenkst, könnte es durchaus so sein. Und übrigens, dass du verliebt bist, das brauchst du auch nicht mehr abzustreiten. Ob es dir nun gefällt oder nicht, es ist überdeutlich so.

Puck, heißt sie. Puck, Puck, Puck, Puck, Puck, Puck, Puck. Michas Mädchen geht dir unmöglich mehr aus dem Kopf und du kannst es nennen, wie du willst, aber das einzige richtige Wort ist natürlich *verliebt*. Für deinen Vater ist das alles in Ordnung – so hat er es doch gesagt, oder? –, aber du selbst hast keinen blassen Schimmer, was du mit dieser doch recht neuen Einsicht anfangen sollst.

Du weißt nicht, ob ihr noch darüber reden werdet, über gestern und so, und falls du es überhaupt willst, kann es durchaus sein, dass du dann derjenige bist, der damit anfangen muss. Wie man so etwas angeht, erscheint dir wie ein vollkommen unlösbares Rätsel.

»Jaak?«

Du öffnest die Augen und schaust direkt in das Gesicht deiner – nein: eurer großen Liebe. Vielleicht hast du ja von ihr geträumt. Bestimmt.

»Hast du geschlafen?«, fragt Puck. Die salzigen Tropfen fallen aus ihren Haaren herab. Sie hat Michas Shirt wieder angezogen, ihr Bikini klebt von innen dagegen.

Du lächelst sie an.

Puck legt sich neben dich. »Er schon«, sagt sie mit einem Kopfnicken in die andere Richtung. Ein Stück weiter, im Schatten eines überhängenden Felsens, liegt Micha auf einem Handtuch.

Puck schließt die Augen und lehnt ihren nassen Kopf an deine Schulter. Deine Leuchte beginnt wieder heftig zu brennen – wäre ja auch ein Wunder, wenn nicht – und sofort verspürst du die Neigung, zur Seite zu rollen, auf sie drauf. Du willst lauter Dinge, von denen du noch nicht mal gewusst hast, dass ein Mensch sie wollen kann. Über ihren Bauch streicheln zum Beispiel und über ihre superschönen Brüste. Über ihre Wangen, ihre Nase und ihre Schultern und auch über ihre Beine und ihren Po (ja, das willst du jetzt wirklich, auch wenn es gleichzeitig merkwürdig erscheint). Danach willst du sehr gern lange und schön und zart und ohne je wieder aufzuhören mit ihr knutschen.

»Jaak?«

»Hm?«

»Woran denkst du?«

»An gestern.« Du sagst es einfach so, so also fängt man davon an. Offenbar war die Lösung doch einfacher, als du dachtest.

»Ich auch«, sagt Puck.

Ihr seid beide eine Weile still, bis sie fragt: »Was meinst du: Sollen wir darüber reden?«

»Nicht ohne Micha.«

Puck steht auf. »Michi!« Sie ruft ihn sofort, er schaut hoch von seinem Handtuch. »Komm mal!«

Und als Micha bei euch ist, sitzt ihr alle drei mit angewinkelten Knien im Sand und Puck sagt: »Jaak und ich denken, dass wir vielleicht doch noch kurz reden sollten über …«

Micha lächelt.

»Oder findest du das nicht?«

Er zuckt mit den Schultern. »Und was denn genau ihr wollt sagen über das?«

»Jaak?« Puck wendet sich zu dir.

»Na ja …«, sagst du. Du traust dich mal wieder kaum, sie anzusehen. »Ich weiß nicht. Aber ist es nicht ein bisschen verrückt, wenn wir so tun, als wäre nichts passiert?«

»Ich tue nicht, als wäre nichts passiert«, sagt Micha. »Und ihr?«

»Nein, aber Micha …« Puck hilft dir. »Das meinen wir doch nicht.«

»Was dann?«

Puck zieht die Stirn kraus. »Wirst du jetzt etwa böse?«, fragt sie.

»Ach was.«

»Warum bist du dann so kurz angebunden, wenn wir von gestern reden?«

Micha schüttelt den Kopf. »Ich weiß nicht, was der Wort bedeutet«, sagt er. »Aber wenn du meinst, wir drei müssen die ganze große Probleme machen jetzt aus der Ding, der ist auf dem Strand passiert, dann ich habe wirklich keine Lust darauf, okay? Ich meine, wirklich nicht!«

Puck und du sagt nichts.

»Ich fand, gestern war schön«, fährt Micha fort. »Ihr doch auch, oder?«

Puck nickt. Du wagst auch zu nicken.

»Na also«, sagt Micha. »Ende von dieser Gespräch.«

»Moment, Michi, jetzt warte mal.« Puck ist nicht seiner Meinung. »Natürlich war es schön.« Sie wirft dir einen kurzen Blick zu. »Aber was nun?«

Ja, was nun? Es ist die große Frage, die dir bereits seit Stunden durch den Kopf geistert, aber weil schon die Frage an sich auf so viele unterschiedliche Weisen zu erklären ist, wird die Antwort darauf erst recht ein Ding der Unmöglichkeit sein.

»Nun?«, wiederholt Micha. Wieder zuckt er mit den Schultern. »Ganz einfach«, sagt er. »Nichts. Wir werden sehen das.«

Und dann fängt Micha an zu grinsen und Puck auch und du auch, und alles scheint wieder wie heute früh auf der Mauer zu sein.

»Wisst ihr, ich würde sofort wieder tun das«, sagt Micha auf einmal.

»Was?«, fragt Puck, noch immer grinsend. »Du meinst …?«

Er nickt.

»Du bluffst«, sagt Puck.

»Nein, tue ich nicht.«

Du merkst, dass dein Atem schwerer wird. Du denkst an gestern am Strand, bevor das geschah, was geschehen ist, und du plötzlich ganz sicher wusstest, dass da ein Spiel gespielt wurde. Ein Spiel zu dritt, dessen Regeln du als Einziger noch nicht kanntest.

Aber heute ist alles anders.

Micha beugt sich vor und küsst Puck leidenschaftlich. Sie streicht sich mit einer Hand die Haare aus dem Gesicht und berührt aus Versehen oder mit Absicht dabei deinen Arm.

Geschieht das hier wirklich? Wirklich schon wieder?

Ja, das tut es.

Jakob«, sagt Gertie. »Wie fröhlich du heute bist!«

Du hast schon mal einen Film gesehen, in dem ein Mann auf einmal auf offener Straße tanzte und sang und von einem Moment auf den anderen alles um sich herum in einen Glanz getaucht sah und alle lieb fand, also auch sich selbst, besonders aber die Frau, die er in der Szene davor nach endlos langem Schmachten doch noch plötzlich geküsst hatte, und nach dieser Szene, aber vor der nächsten (so machen sie das oft in Filmen) vielleicht sogar noch mehr als das. Dieser Mann sollte *verliebt* aussehen, das war dir vollkommen klar, aber um ehrlich zu sein, kam dir das Ganze ziemlich übertrieben vor, als du es damals sahst.

»Ja«, antwortest du, »bin ich auch!«

Erst jetzt verstehst du diesen Film und den Mann. Du sitzt auf der morgens noch leeren Terrasse in eurer Gasse und der Tisch vor dir hat sich in ein Schlagzeug verwandelt. Mit den Zeigefingern trommelst du den Rhythmus einer Melodie, die dir schon tagelang durch den Kopf geht – Zeigefinger sind ja dazu da, zu zeigen, was man kann, und wenn es bloß Trommeln ist.

Gertie sitzt mit einer Riesentasse Kaffee vor der Nase neben der Restauranttür. Sie summt mit deinem Getrommel mit und heute stört es dich nicht. Du bist dieser Mann. Gertie ist ein Teil von allem.

Du weißt es sicher, hundertprozentig sicher. Das hier sind die allerschönsten Tage auf der Insel. Die Tage zuvor waren auch nicht verkehrt, aber im Nachhinein betrachtet reichen sie doch nicht an diese hier heran.

Nach dem Tag in der Bucht ist jeder Tag wie dein Geburtstag. Es fühlt sich ununterbrochen festlich an und immer wieder ist es spannend, ob und wann du ein Geschenk bekommst.

»Wer zuerst auf der anderen Seite ist!«, ruft Puck.

Zu dritt reitet ihr auf den Eseln des verrückten Stefanos. Er hat nur zwei, aber Stefanos ist alles recht. Puck und Micha sitzen zusammen auf dem großen dunkelgrauen und du reitest den kleineren braunen mit den weißen Flecken auf dem Bauch.

Du versuchst, deinen Esel möglichst schnell auf die andere Seite des Feldes zu lenken, aber er hat wenig Lust und der Graue trabt schon mit großen Schritten an dir vorbei.

»Tschüs, Jaak!«, ruft Micha, als er und Puck dich überholen. Er lacht und winkt dir nach und danach wechselt ihr wieder.

Schwimmen, Rad fahren, klettern, durch die Gegend

spazieren, Esel reiten und sehr viel lachen, besonders lachen, die ganze Zeit immer lachen. Ihr lacht schallend über alles Mögliche, das für andere Leute wahrscheinlich noch nicht einmal witzig ist. Aber es gibt keine anderen Leute, andere Leute existieren nicht. Es sind Traumtage zu dritt, das sind es.

»He!«, ruft Micha von seinem Esel. Er reitet jetzt auf dem kleinen und du auf dem großen, Puck sitzt hinter dir. Die beiden Tiere trotten nebeneinander her und Puck hat die Arme um deine Taille gelegt (der Esel hat natürlich keinen Gepäckträger). »Pass auf du, ja?« Micha klingt sehr fröhlich. »Sie ist nämlich mein Mädchen!«

»Weiß ich doch!«, antwortest du lächelnd, während Puck dich noch etwas fester mit den Armen umfasst. Sie legt den Kopf auf deinen Rücken, spürst du, und du wirfst einen Blick auf Micha, der dir kurz zuzwinkert und währenddessen ruhig weitertrottet.

Inseltage. Geburtstage. Traumtage. Du hast dich noch nie in deinem Leben so unheimlich glücklich gefühlt – das ist eine prickelnde Tatsache –, und während dieser wundersamen Tage scheint es, als ob alles erlaubt wäre.

Du gehst – nein: rennst oder hüpfst – nein: tanzt durch das Dorf. Micha musste noch im Sunset Café arbeiten, aber gleich ist er fertig und dann geht ihr wieder zu dritt zu dem ehemaligen Fußballplatz. Das habt ihr so verabredet. Vielleicht spielt ihr da Fußball, vielleicht unterhaltet ihr euch auch bloß oder vielleicht ... Na ja, es gibt tausend Dinge, die ihr tun könnt.

»He, Jaak!« Da steht Puck. Hat sie dich tanzen sehen? Ist auch egal, du schämst dich wegen nichts mehr.

»He, Pucki.« Hast du gerade *Pucki* gesagt? Ja, und zwar einfach so, und zum Glück muss sie darüber lachen. »Ist Micha schon fertig mit Arbeiten?«

Sie schüttelt den Kopf. »Simon hat etwas in der Stadt zu erledigen«, sagt sie. »Das heißt, Micha muss noch eine Stunde länger machen.«

»Gut. Sollen wir am Fußballplatz auf ihn warten?«

»Meinetwegen«, sagt Puck. »Oder wir gehen schon mal vor zum Fluss.«

»Ja?«

»Ja, warum nicht?«

Nun, das geht natürlich auch und so spaziert ihr zu zweit zu dem Fluss ohne Wasser.

Puck plaudert über die Niederlande. Wenn Micha dabei ist, redet ihr fast nie von daheim, aber jetzt steckt sie voller Geschichten. Sie erzählt, dass man bei ihr in der Schule am Freitagnachmittag Theater spielen kann und dass es am Ende eines jeden Jahres ein sehr großes Musical gibt, bei dem sämtliche Klassen mitmachen.

»Und ich habe nette Freundinnen«, sagt sie. »Und

sogar einige Freunde. Jungs, meine ich. Das ist auch nett.«

Jungs als Freunde. Ist es merkwürdig, die als Mädchen zu haben?

»Und du?«, fragt Puck.

»Ich?«

»Du wechselst doch nach dem Sommer auch auf die weiterführende Schule?«

Du nickst.

»Und, Lust?«

Du versuchst dir zu überlegen, was die beste Antwort ist, aber gleichzeitig schüttelst du schon den Kopf. Kommt das vielleicht daher, dass du dich nicht mehr schämst?

»Also keine.« Puck schaut dich an, als hätte sie das schon gewusst, und höchstwahrscheinlich ist das auch so.

Ihr steht mittlerweile bei dem alten Fußballplatz, und ohne etwas zu sagen, setzt ihr euch nebeneinander unter die Bäume. Mag sein, dass einige Klänge aus Michas Lyra in den Zweigen hängen geblieben sind, aber das Einzige, was du hörst, sind die Grillen.

»Erzähl«, sagt Puck.

»Also ...« Du zögerst schon kaum mehr und dann sagst du, was du noch nie jemandem gesagt hast. Deine Mutter weiß es natürlich, aber selbst mit ihr hast du nie darüber geredet.

»Das heißt, du hasst die Schule?«

Du nickst.

Puck muss darüber nachdenken. »Ich verstehe es«, sagt sie dann. »Andererseits aber auch nicht.«

»Wie meinst du das?«

»Es ist logisch, dass es doof war in der Sechsten«, findet Puck. »Das war einfach eine Mistklasse. Aber nächstes Jahr in deiner neuen Schule wird es mit Sicherheit anders.«

»Woher willst du das denn wissen?«

Sie lacht. »Jaak, ich gehe schon fast in die Achte, ja?«

»Ja, gut ...«

»Ich bin letztes Jahr doch auch nach der Sechsten in eine andere Schule gekommen! Und ich hatte am Anfang auch wirklich Bammel, weißt du.«

»Ja?«

Puck nickt. »Aber dann lernst du neue Leute kennen«, sagt sie. »Und merkst auf einmal, dass du selbst auch ein bisschen anders bist. Älter, meine ich. Größer. Und dann wird es schön. Ich verspreche es dir.«

»Ich weiß nicht.«

»Wetten?« Sie legt einen Arm um dich. »Wetten, dass es besser wird?«

Du bleibst stumm, mit dem Arm um dich.

»Lieber Jaak ...«

Es ist sehr doof, aber irgendwie musst du fast heulen.

Puck umarmt dich noch etwas fester und du wünschst

dir, sie würde dich nie mehr loslassen. Sie streicht dir mit der Hand über den Rücken, dir wird warm davon. Alles ist erlaubt dieser Tage, aber ohne Micha dabei fühlt es sich doch ein bisschen merkwürdig an.

»Puck?« Du schaust zur Seite und ihre Augen sind plötzlich ganz nah.

»Jaak …«, sagt sie leise.

»Nein«, flüsterst du zurück. »Nein-nein …«

Und sie schüttelt den Kopf und du auch und ihr seid euch beide natürlich vollkommen einig. Trotzdem bewegt sie sich noch etwas näher auf dich zu – oder du zu ihr, du bist dir nicht sicher – und noch etwas näher und noch etwas, bis nicht mal mehr ein Zentimeter zwischen euren Köpfen ist.

»Puck«, flüsterst du. »Das geht nicht.«

»Nein.« Sie flüstert auch. »Es geht nicht.«

Und dann spürst du, wie sich eure Lippen aneinanderdrücken, ihre Zunge deine findet und du und Michas Mädchen, ohne dass du etwas dagegen tun kannst, aneinander festhängen.

Du küsst sie. Ihr küsst euch. Alles ist erlaubt, aber das hier nicht. Trotzdem geschieht es. Eine weiche Hand streichelt dir über den Nacken und du findest eine noch weichere Taille und einen samtweichen Rücken und dann ist es plötzlich wieder vorbei.

Puck und du schaut euch an. Sie beginnt ein bisschen zu kichern, aber schon sehr bald hört sie damit auf und guckt todernst.

Du schüttelst den Kopf. »Das ist nicht gut«, sagst du.

»Nein.« Auch sie schüttelt den Kopf. »Das war dumm.«

»Ja«, sagst du. »Sehr dumm.«

Puck nickt. »Es ist nicht passiert, Jaak.«

»Nein. Es ist nicht passiert.«

Aber es ist doch passiert.

»Komm«, sagt sie. »Wir gehen und holen Micha.«

»Gut.«

Puck steht auf und du stehst auf, und ohne noch ein Wort zueinander zu sagen, geht ihr ins Dorf zurück.

Micha ist schon fertig mit seiner Arbeit, als ihr bei der wie immer brechend vollen Terrasse ankommt. Er sitzt auf einem Stuhl direkt neben dem Eingang zum Lokal und in dem Moment, als du ihn siehst, schwappt dir ein scheußliches Gefühl durch den Körper. Der ganze Weg vom Fluss bis zu ihm hat sich schon so angefühlt, als hättest du unten in deinem Bauch ein Kilo Murmeln, und seit du hier stehst, hüpfen die Dinger auch noch gefährlich auf und ab.

»He, Micha!«, ruft Puck. Durch die Art, wie sie seinen Namen ausspricht, weißt du eigentlich schon sicher, dass er es sofort durchschauen muss. Das, was vorhin eben nicht passiert ist.

Aber Micha nickt nur und ruft Hallo und ihr geht weiter auf ihn zu.

»Uff!«, sagt Micha, als ihr vor ihm steht. Er bleibt auf dem Stuhl sitzen und die Murmeln in deinem Bauch bewegen sich so ungemein wild durcheinander, dass es dich fast wundert, dass sie nicht rausfallen und über die Terrasse kullern.

»Was, uff?« Puck klingt noch immer anders, ganz doll anders. Micha muss das doch auch hören, oder?

Er mustert euch ein bisschen – aha, na siehst du, erwischt, ach nein, ach ja, doch, natürlich erwischt, ach nein, nein, nein! – und dann sagt er: »Das hat lang gedauert.«

»Was meinst du?«, fragt Puck. Du traust dich überhaupt nichts zu sagen, aber sie sollte auch lieber aufhören zu reden. In jedem Wort steckt so viel Verrat, dass dir ganz übel davon wird.

Micha zuckt mit den Schultern. »Ich warte und warte hier«, sagt er. »Und dann ihr kommt nicht.«

»Jetzt sind wir aber doch da.«

»Ja.« Er nickt. »Jetzt ihr seid da.« Und dann schaut Micha zu dir und du bist dir absolut sicher, dass er alles weiß.

Puck und du müsst es erzählen, jetzt sofort, und sagen, dass es dumm und saublöde war und dass es nie wieder vorkommen wird. Aber die Murmeln sind inzwischen in alle Richtungen gesprungen, leider hauptsächlich in deinen Hals, wodurch du im Moment kein Wort mehr hervorbringen kannst.

Puck sagt auch nichts. Oder sie sagt zwar etwas, aber nicht das. »Wohin gehen wir?«

Micha bleibt immer noch sitzen. »Ich dachte, wir hatten verabredet, wir gehen zum Fußballplatz am Fluss«, sagt er. »Oder denkt ihr, es ist nicht schön da?«

Du versuchst, die Murmeln herunterzuschlucken, aber es geht nicht.

»Doch, doch«, sagt Puck. »Aber wir können auch schwimmen gehen oder so.«

Du schaust zu Micha und er schaut zu dir, mitten durch dich hindurch. »Was denkst du, Jakob?«

»Äh …«, klingt es an den Murmeln vorbei.

»Du willst schwimmen oder du willst lieber zu der Fußballplatz?«

»Ähm …«

»Du weißt nicht das?«

Puck bewegt sich etwas nervös neben dir.

»Ich finde, ihr zwei habt nur wenig die guten Ideen.«

»Micha«, sagt Puck. »Wieso benimmst du dich so merkwürdig?«

»Ich?« Micha schaut sie verwundert an. »Ich benehme mich merkwürdig?«

»Ja.« Puck nickt. »Ein bisschen.«

»Und ihr tut nicht so?«

»Micha, was ist denn?«

Dann steht er endlich von seinem Stuhl auf und in genau diesem Moment verwandelt sich sein Gesicht in eines, das du noch nie gesehen hast. Ihr seid verloren.

»WAS EIGENTLICH DIE BEIDE IHR DENKT?«

Du erstarrst.

»Ihr denkt, ich bin verrückt? Ich bin nur so dummer Trottel, dass ich nicht merke das?«

Neben dir steht noch ein Brett, ein zitterndes Brett. Du weißt sicher, dass alle Leute auf der Terrasse euch jetzt ansehen, aber du wagst nicht, dich zu bewegen. Du kannst dich noch nicht mal bewegen.

»Ihr denkt, ach, der Michális ist so nett und lieb so und wir machen schön, wozu wir haben Lust?«

»Michi …«

»Ich sehe doch das! Ich stehe doch da! Ich bin fertig mit Arbeiten und dann ich denke: Na, dann ich gehe mal suchen die zwei, und wo soll ich das tun? Und ich denke: Na, mal sehen, denn sie werden sicher beim Fluss sein. Also ich gehe hin dort und dann ihr denkt, wir tun einfach, wozu wir gerade mal Lust haben, und der Michális, was uns der kümmert?«

»Nein …« Pucks Stimme hat sich noch nie so klein angehört. »Nein, Micha, so war es nicht …«

»NEIN? ACH, NEIN?«

»Es ist einfach passiert«, sagst du leise, aber sofort bereust du es schon.

»Einfach passiert?!«, wiederholt Micha laut schreiend. »Einfach so! Du sagst passiert! Ist das, was der Freund tut? Ein bisschen einfach so mit das Mädchen?«

»Micha, nein …«

»HÖR AUF!«

Pucks Zittern ist in Weinen übergegangen. »Micha …«, schluchzt sie. »Bitte, Micha …«

»Du!« Er zeigt mit einem stechenden Finger auf sein Mädchen. »Du ich gehe nicht mehr mit! Nie mehr! Du verstehst der Ding, ich sage?«

Sie weint jetzt über- und überlaut und es ist eigentlich verrückt, dass sich niemand auf der Terrasse darum schert.

»Und du!« Der Finger wandert zu dir. »Ich denke, du bist der Freund, Jakob. Aber nein. Ich habe geirrt mich. Gut, jetzt ich weiß das.« Micha schüttelt den Kopf, schweigt einen kurzen Moment und sagt dann: »Jetzt ich weiß, du bist nichts mehr als der dumme maláka.«

Dein Vater versteht es nicht so ganz. »Den einen Tag du bist so fröhlich wie der Vogel«, sagt er, »und den anderen du schaust, als ob du hättest alles Unglück der Welt in der Tasche.«

Ihr sitzt zu dritt beim Essen und Gertie und er versuchen, die Stimmung irgendwie aufzuhellen. Aber es klappt nicht. Und zwar schon länger nicht.

»Jakob?« Gertie klingt echt etwas besorgt. »Isst du jetzt wirklich überhaupt nichts?«

Du schüttelst den Kopf. Es liegt nicht am Essen – das schmeckt bestimmt gut –, aber trotzdem bekommst du jetzt schon drei Tage hintereinander kaum einen Bissen herunter.

»Du isst lieber etwas anderes?«, fragt Yiannis. Er wollte sich gerade eine neue Portion Kartoffeln auf den eigenen Teller laden, hat es sich dann aber doch anders überlegt und lässt den großen Löffel wieder unbenutzt in die Schüssel zurückfallen. »Wenn da ist etwas, das du willst mit uns teilen, du weißt, das geht, ja?« Er schaut dich ziemlich ernst an. »Reden immer das geht, Djakos.«

Sie haben schon alles Mögliche probiert, die zwei.

Erst dachte Gertie, es läge an dem Rückflug. Die Verlängerungswochen sind schon wieder fast um und sie sagte, sie könnte sich enorm gut vorstellen, dass du mit Schrecken daran dächtest, wieder zurück nach Hause zu müssen. Aber du hast den Kopf geschüttelt – das war es nicht – und dann fragte Yiannis, warum er Puck und Micha schon so lange nicht mehr gesehen hatte.

»Ich will über nichts reden.«

»Du bist dir sicher?«

»Ganz sicher.«

»Gut.« Dein Vater nickt. »Aber dann bitte, iss etwas.«

»Ich brauche nichts«, sagst du. »Ich habe einfach keinen solchen Hunger. Darf ich vom Tisch aufstehen?«

Und du darfst – natürlich darfst du – und gehst wieder zurück nach oben in das große Zimmer.

Du sitzt auf der Couch mit einem Stapel Comics neben dir auf der Lehne. Du hast sie alle einunddreißig wieder aus dem Koffer geholt, aber du verspürst nicht das geringste Bedürfnis, auch nur eines der Hefte aufzuschlagen und zu lesen. Du nimmst das obere vom Stapel und feuerst es in eine Ecke des Zimmers. Nicht, dass dich das wirklich erleichtern würde – hattest du das denn erwartet, oder was? –, und doch nimmst du das nächste, das danach und wieder das danach. Alle Comic-Hefte fliegen hintereinander durch die Luft. Manche überleben die Segelpartie, andere knallen an der Wand entzwei und wieder andere fallen schon beim Fliegen auseinander und die bebilderten Seiten flattern wie bunte Baumblätter mit Textblasen aus ihnen heraus.

Um dich herum gibt es nichts als Comics, der Boden ist mit Papier übersät. Draußen herrscht Hochsommer, aber drinnen hat ein rauer Wind zugeschlagen. Es ist Herbst in deinem Zimmer.

Micha. Puck. Du. Micha und Puck und du. Micha und Puck. Micha und du. Puck und – Bedauern. So viel Bedauern, dass es dich kirre macht.

Sie will dich nicht sehen und er will dich nicht sehen. Du hast es zwar versucht, mehrere Male sogar, aber Puck kommt schon seit Tagen nicht mehr aus dem Ferienhaus ihrer Eltern und Micha schaut durch dich hindurch, wenn du in seiner Nähe erscheinst.

Die Zeit kommt dir wie etwas ziemlich Ungreifbares vor, aber wenn das nicht so wäre und du sie zu fassen bekämst, würdest du dich mit deinem vollen Gewicht an sie hängen. Du würdest an der Zeit ziehen und zerren und dich genauso lange abmühen, bis die riesigen Zeiger einer noch riesigeren Uhr (denn so stellst du dir das vor) knirschend in Bewegung gerieten und die Stunden eine nach der anderen zurückgedreht würden.

Du vernichtest diese elenden Tage, an denen du nicht essen kannst, Puck nur weinend auf ihrem Bett liegt und der so zu Recht wütende Micha euch nie mehr sehen will. Du machst den Streit auf der Terrasse ungeschehen, bist dann endlich bei dem Fußballplatz und mit einem letzten tüchtigen Stoß bugsierst du die Zeit knirschend und quietschend an dieser fürchterlichen Szene am Fluss vorbei.

Oder musst du noch weiter zurück? Du bist dir nicht sicher. Kann sein, wenn du schon mal dabei bist, dass auch die Traumtage, der Nachmittag in der Bucht und die Nacht mit dem Fest besser mit weggewischt werden. Du hattest sie niemals missen wollen – das ist eine Tatsache –, aber je länger du darüber nachdenkst, desto mehr hat es den Anschein, dass ohne all diese glückseligen Momente die Katastrophe von danach auch nicht geschehen wäre.

Wenn man nur lange genug wartet, wird es meistens von selbst wieder Morgen, aber diese Nacht scheint wirklich kein Ende zu nehmen.

Der Ventilator ist aus und die Nachtleuchte an. Die Geräusche kümmern dich jetzt nicht, die Gerüche sind nach all den Wochen kaum noch fremd und die Hitze kennst du inzwischen. Trotzdem starrst du mit weit offenen Augen auf die Risse an der Decke. Seit diesem schrecklichen Streit mit Micha auf der Terrasse seines Lokals fühlst du dich wieder wie an diesem allerersten Tag auf der Insel, als du allein und unsichtbar auf dem

Flugplatz standst und dir alles schwer und kompliziert erschien.

Du schaust zur Seite, auf die Pflanze auf dem Stuhl. »Und was hältst du davon?«, fragst du. Und obwohl es eine Pflanze ist und Pflanzen natürlich Besseres zu tun haben, als einfach so auf Jungen zu reagieren, die plötzlich irgendwelche Fragen stellen, streckt die Pflanze doch einige ihrer Zweige aus und fragt: »Redest du mit mir?«

Du bist überhaupt nicht erschrocken, es könnte nämlich durchaus so sein, dass du die Frage nur in deinem Kopf gehört hast. Sprechende Pflanzen gibt es schließlich nicht.

»Doch«, hörst du dann. »Klar gibt es die.«

»Ich habe doch gar nichts gesagt!«

»Nein, aber gedacht«, sagt die Pflanze. »Und das kann ich auch verstehen.«

Tatsächlich?

Die Pflanze nickt (soweit Pflanzen dazu imstande sind). »Und weißt du, warum?«, fragt sie.

Ja, du weißt sehr gut, warum. Weil sie in Wirklichkeit ein Gott ist, denkst du. Allerdings verkleidet als Pflanze. Genau wie Zeus, als er Sex mit Kallisto wollte.

»Richtig.« Wieder eine Art Nicken. »Du kapierst es.«

Oder ist das auf dem Stuhl am Ende Zeus selbst?

»Ganz wie du willst …«

Gut, dann ist die Pflanze also Zeus.

»Aber noch mal zurück zu vorhin«, sagt die Pflanze, die demnach Zeus ist. »Du hattest mich etwas gefragt?«

Ja genau. Du wolltest seine Meinung hören.

»Worüber genau?«, fragt Zeus.

Das hier ist noch kindischer als Autos zählen und Flieger spielen zusammengenommen, denkst du, aber gleichzeitig ist dir das völlig egal. Schlafen funktioniert ohnehin nicht und du bist ganz allein in diesem Zimmer.

»Außer mir«, sagt Zeus.

Also gut, fast allein. Allein bis auf einen Gott.

Du denkst an Micha und Puck und an alles, was falsch gelaufen ist.

»Jakob«, sagt Zeus. »Du hast es vermasselt.«

Das ist dir klar.

»Natürlich ist es das. Als ob ich dir plötzlich etwas Neues sagen würde.«

Dann halt doch den Mund, denkst du, aber Zeus scheint gerade auf den Geschmack zu kommen. »Du hast alles verpfuscht«, sagt er. »Und es wird nie wieder gut. Nie wieder. Nie wieder. Nie wieder!«

Und was sollst du damit?

»Nichts«, sagt die Pflanze. »Nur, damit du es weißt.«

Du wusstest es schon längst. Von Göttern hat man offenbar auch nicht viel.

»Stimmt.« Zeus ist ganz deiner Meinung. »Wir sind nur für Erfundenes da. Nicht für wirkliche Dinge.«

Ach.

»Was hattest du denn gedacht, Jakob?«

Es ist klar, dass dieses Gespräch dir nicht die Bohne weiterhelfen wird.

»Dann rede halt mit sonst jemandem«, schlägt Zeus vor.

Ja, aber mit wem? Puck weint die ganze Zeit und Micha will dich nie mehr sehen.

»Dann such dir einen, der dir zuhören will.«

Wen denn?

»Du bist ein Trottel, Jakob.«

Du?

»Ja«, sagt die Pflanze. »Und zwar ein ganz großer.«

Da begreifst du plötzlich, dass er deinen Vater meint.

»Uff, endlich!« Zeus lächelt. »Und jetzt wird geschlafen.«

Warum, denkst du, denn du kannst doch auch sofort aus dem Bett springen? Yiannis ist bestimmt noch wach.

»Aber, Jakob«, sagt Zeus, »wahrscheinlich liegt er nicht allein im Bett ...«

Wie kommt er denn darauf?

Das bringt die göttliche Pflanze zum Grinsen. »Ich denke es nur, weil du es denkst«, erklärt sie und ehrlich gesagt klingt das ziemlich logisch. »Morgen«, sagt Zeus. »Morgen erzählst du ihm alles, einverstanden?«

Einverstanden, denkst du, denn es muss wohl so

sein, und in dem Moment, als du die Lampe ausknipst, ist die Pflanze wieder eine einfache Pflanze und Zeus endgültig verschwunden.

Der große Vorteil eines Vaters mit einem Restaurant ist, dass man nie lange nach ihm suchen muss.

»Guten Morgen, Djakos.« Er steht wie immer in der Küche, und als du das Restaurant betrittst, erwartet er dich mit einem breiten Lächeln. »Du fühlst dich schon das kleines bisschen besser diesen Tag?«

Du fragst, ob Gertie da ist.

»Gertie?« Yiannis versteht es noch nicht (kann er auch nicht). »Die ist einkaufen«, sagt er. »Du willst sie sprechen?«

Du schüttelst den Kopf. »Nein, dich.«

»Du meinst, du willst reden mit mir alleine?«

Du nickst und dein Vater legt seine Küchensachen beiseite. Er wischt sich die Hände an seinem Bauch ab, zieht dann seine Schürze aus, verlässt die Küche und fragt: »Wir setzen uns?«

»Gut.«

»Zeit für Raki?«

»Papa, ich bin zwölf.«

»Ach ja.« Er nickt. »Stimmt auch. Aber du weißt, du guckst ernst wie ein alter Mann?«

»Ja«, antwortest du. »Das hier ist auch ernst.«

»Wein also?«

»Es ist neun Uhr morgens!«

»Bisschen so ein kleiner Tröpfelchen geht doch?«, fragt er. »Im Wein ist Wahrheit.«

Du verstehst nicht genau, was er meint, aber du weißt, dass du auch ohne Wein die Wahrheit erzählen kannst. Sogar erzählen musst.

»Na gut«, sagt dein Vater. Er hat sich auf einen grün gestrichenen Restaurantstuhl gesetzt. »Ich höre.«

»Gut«, wiederholst du. Du nimmst auf einem blauen Stuhl ihm gegenüber Platz und atmest einmal ganz tief durch. Dann erzählst du ihm, dass du Streit hast, Streit mit Micha. Und zwar so fürchterlich schlimm, sagst du, dass es wahrscheinlich nie mehr gut wird.

Und danach erzählst du ihm auch, warum.

Yiannis Zervakis schaut dich nachdenklich an. Er bleibt sehr lange stumm. Du sagst auch nichts mehr, denn alles, was du erzählen wolltest, hast du jetzt ja erzählt, und vielleicht sogar noch mehr als das.

Dein Vater kratzt sich ausgiebig am Kinn und guckt auch weiterhin ziemlich nachdenklich. »Raki«, sagt er dann. »Und danach eine Geschichte.« Er steht auf, holt eine Flasche von dem Zeug aus der Küche und gießt einen ordentlichen Schuss in ein viel zu großes Glas. »Kann sein, dass du bist zwölf«, meint er, »aber nach allem, was du mir gesagt, ich weiß, du bist in deinem Kopf viel älter.« Er nimmt ein zweites Glas, hält die Rakiflasche darüber und gießt dann einen ganz kleinen Schluck hinein.

»Du hörst zu«, sagt er, als er wieder auf seinem grünen Stuhl sitzt. Das fast volle und das fast leere Glas stehen auf dem Tisch zwischen euch. »Ich werde dir der Geschichte erzählen.«

»Wieder von den Sternen?«

Er schüttelt den Kopf. »Dieser Geschichte handelt von der Liebe.«

Du denkst an den Großen und den Kleinen Bären. Es kann natürlich so sein, dass du es nicht richtig verstanden hast, aber es hatte doch sehr den Anschein, dass diese Geschichte ebenfalls von der Liebe handelte.

Das macht Yiannis wieder für einen Moment sprachlos. »Ja«, sagt er dann. »Vielleicht ja alle Geschichten handeln von der Liebe.«

Du nickst. Da könnte dein Vater durchaus recht haben.

Yiannis erklärt, dass dies keine Geschichte über Götter ist, sondern über die Liebe zwischen zwei Menschen.

»Und welchen?«, fragst du.

»Ein Mann und eine Frau.«

»Wie heißen sie?«

Dein Vater schüttelt wieder den Kopf. »Das tut nichts

zu der Sache«, sagt er. »Worum es in der Geschichte handelt, ist, dass diese zwei sie waren so sehr an beide Ohren verliebt in den anderen, wie keine Menschen es je gewesen sind.«

Sein Satz haut vorne und hinten nicht hin, aber du verstehst, was er meint.

»Der Mann und die Frau wohnen zusammen in dem Häuschen in dem kleinen Dorf«, erzählt Yiannis weiter. Er nippt einmal an seinem Raki. »Und eines Tages sie bekommen das Kind.«

»Einen Jungen oder ein Mädchen?«

»Ein Zufall oder nicht so«, sagt Yiannis. »Aber der kleine Junge, der damals geboren wird, ist das schönste Kind der Welt.«

Er erzählt, wie froh und glücklich der Mann und die Frau miteinander und mit ihrem prächtigen Sohn waren. Sie hatten nicht viel Geld, die zwei, aber das machte nichts. Sie verdiente mit verschiedenen Jobs hier und da etwas dazu und er war Koch in einem Restaurant.

»Genau wie du?«

Yiannis nickt. »Aber dieser Mann hat nicht der eigene Restaurant und also die ganze Zeit er muss arbeiten für den Chef.«

»Wie doof für ihn.«

»Du findest das?«, fragt Yiannis. »Also, das der Mann findet auch. Und eines Tages darum er sagt zu der Frau: ›Schatz, wir werden machen alles anders.‹ Aber die

Frau versteht nicht das und sie fragt: ›Warum? Der Leben ist doch gut, wie jetzt der Leben ist? Wir sind doch glücklich!‹ Aber dieser Trottel von der Mann denkt, dieses Glücklichsein geht noch besser, und dann das … wie ich sage das … dann das Elend in der Geschichte beginnt.«

Yiannis erzählt, dass der Mann sich überlegt hatte, Geld zu leihen. Eine Menge Geld. Das Geld wollte er von seinem Vater haben, aber die Frau hielt das für keine gute Idee. Es war so, dass der Mann und sein Vater keinen Kontakt zueinander hatten, weil sie schon sehr lange im Streit miteinander waren.

»Und worüber?«

»Alles und nichts«, sagt Yiannis. »Das ist, was die Väter und die Söhne machen oft so.«

Die Frau des Mannes, erzählt er weiter, fand seinen Vater wirklich unausstehlich, aber der Mann wollte so unheimlich gern das Geld. Er dachte wirklich, er würde seine Frau und sein Kind sehr glücklich damit machen.

»Was wollte der Mann denn mit dem Geld anfangen?«, fragst du.

Dein Vater schweigt einen Moment, nimmt noch einen Schluck Raki. Und noch einen.

»Na?«

Er nimmt einen letzten Schluck – sein Glas ist schon leer – und antwortet dann: »Er wollte der eigene Restaurant aufmachen.«

Ahnst du schon, von wem diese merkwürdige Geschichte handelt? Manches spricht dafür, manches aber auch nicht. Du traust dich nicht zu fragen.

»Der Mann will nicht auf die Frau hören«, sagt dein Vater. »Also darum damals er leiht sich das ganze Geld.«

»Für dieses Restaurant?«

Yiannis nickt. »Aber von diesem Moment an alles ändert sich.«

Er erzählt, dass der Mann sich so viel Geld geliehen hatte, dass er tagein, tagaus nur noch arbeiten musste, um es zurückzahlen zu können. Und am Anfang kamen zwar Gäste zum Essen in sein Restaurant, aber nach einer Weile nicht mehr so viele, und so wurden seine Schulden mit jedem Tag größer.

»Wie schlimm«, sagst du.

»Ja«, sagt Yiannis. »Aber der Schlimmste kommt noch. Denn weil der Mann ist alle Zeit der Welt so sehr beschäftigt mit Zurückverdienen der Geld, er vergisst ganz, worum der Leben geht.«

»Und worum geht es im Leben?«

»Ich denke, Liebe.«

Dein Vater erzählt, dass der Mann und die Frau immer öfter Streit bekamen, und der ganze Streit drehte sich immer und ausschließlich um Geld.

»Konnte der Mann denn nicht seinen Vater fragen, ob er es später zurückzahlen durfte?«

»Der Mann, er ist stolz«, sagt Yiannis. »Und er denkt, er kann lösen die Probleme alleine. Bis einen Tag natürlich die Frau sagt: ›Wenn du bist jetzt nicht hier für mich und für deinen Sohn, ich gehe fort von dir.‹ Und dann sie geht wirklich und der Sohn, er geht mit ihr.«

»In die Niederlande«, wagst du zu prophezeien.

»Ja«, sagt dein Vater. »In die Niederlande.«

Yiannis hat sich einen zweiten Raki eingeschenkt. Er nippt daran und hantiert etwas in der Küche herum.

Du sitzt immer noch auf deinem Stuhl im Restaurant mit dem unangerührten und fast leeren K.-o.-Glas vor dir auf dem Tisch. Wenn du dich nicht irrst, läuft also irgendwo noch ein gemeiner Opa von dir herum. Oder ist er inzwischen schon tot? Du weißt nichts von ihm. Du denkst über das nach, was dein Vater dir gerade alles erzählt hat. Es ist eine merkwürdige Geschichte und du weißt nicht so recht, was du damit anfangen sollst. Vielleicht ist es ja ein weiser Rat, verpackt in ein wahres Märchen.

»Djakos.«

»Ja?«

»Was du sitzt hier noch?«

»Wie meinst du das?«

»Morgen du fliegst wieder weg«, sagt Yiannis. »Und du willst doch nicht mitnehmen die Probleme mit dir?«

»Nein.«

»Na also.«

»Aber was soll ich denn machen?«

»Das ich weiß nicht.« Er lächelt. »Aber ich weiß, du wirst selbst sicher der Ding dir einfallen lassen.«

Du schaust auf das Getränk vor deiner Nase und denkst an das, was dein Vater einmal auf dem Dach zu dir gesagt hat: *Wenn du trinkst der Ruki, du wirst klar im Kopf.* Du nimmst das Glas, führst es zum Mund und nimmst das allerkleinste Schlückchen, das ein Mensch nur nehmen kann.

Brennen.

Grauenhaft.

Feuer.

Scheußlich.

Und dann plötzlich verzieht sich der Nebel in deinem Kopf und du weißt sicher, dass dein Vater recht hat. Natürlich hat er recht. Wenn das nicht in Ordnung kommt, sind alle Tage auf der Insel umsonst gewesen.

Du stehst auf und nickst. »Ich gehe«, sagst du.

»Sehr gut.«

»Bis nachher.«

»Lass dir Zeit, ja?«

»In Ordnung, Papa.«

Und dann gehst du, so schnell du kannst, aus dem Restaurant ins Freie.

Ist Puck da?«

Ihre Mutter steht in der Tür des Ferienhauses. Sie mustert dich ernst und sagt: »Ich weiß nicht, was genau vorgefallen ist, Jakob, aber sie ist ziemlich untröstlich.«

Du nickst. »Darum bin ich hier.«

»Wir denken eigentlich, dass es besser ist, wenn ihr euch ein Weilchen gegenseitig in Ruhe lasst«, sagt Pucks Mutter.

Aber du bist klar im Kopf – glasklar sogar –, also sagst du Nein und erzählst ihr, dass sie sich irrt.

»Das denke ich nicht, Jakob.« Sie schaut dich mit so einem Lächeln an, wie es nur Erwachsene haben können. »Geh und unternimm etwas auf eigene Faust, ja?«

»Nein.«

»Jakob …«

»Nein!« Wieder schüttelst du deinen klaren Kopf. »Ich muss Puck sprechen. Und zwar jetzt.«

»Was ist hier los?« Pucks Vater erscheint in der Türöffnung und stellt sich neben ihre Mutter. Sie sind wie zwei Torwächter, die die Prinzessin im Schloss bewachen.

»Ich muss mit Puck reden«, sagst du.

»Und ich habe ihm gesagt, das ist keine gute Idee«, setzt ihre Mutter sofort nach.

Pucks Vater mustert dich eindringlich. Du denkst an seinen Wutausbruch nach eurer Sternschnuppennacht. Er ist kein böser Mann, das weißt du sicher, aber wenn es um seine Tochter geht, hört für ihn der Spaß auf. »Jakob«, sagt er. »Ich finde, wir sollten die Angelegenheit ruhen lassen.«

»Das geht nicht.«

»Morgen fahren wir alle wieder nach Hause und wir sollten bis dahin die Dinge bitte schön nicht noch schlimmer machen.«

Du hast keine Ahnung, was er damit meint.

»Was immer zwischen euch dreien vorgefallen ist«, fährt er fort, »für den Augenblick ziehen wir einen Schlussstrich darunter.«

Pucks Mutter steht kopfnickend neben ihm, aber sie verstehen beide rein gar nichts. Einen Schlussstrich ziehen? Wie soll das gehen, wenn man so zerstritten ist, dass man nicht mehr miteinander reden will? Ein schöner Schlussstrich wäre das.

»Jaak?«

Die Torwächter drehen sich um. Da steht die Prinzessin, barfuß. Sie trägt eine schlabbrige Trainingshose und das weite, weiße T-Shirt von Micha. Es sieht aus wie eine Art Schlafanzug-Kombination. Du verstehst sofort, warum sie das Shirt anhat.

»Was willst du?«, fragt Puck. Ihrem Gesicht ist anzusehen, dass sie sehr lange und sehr viel geweint hat; sonst hätte ihre hohe und brüchige Stimme es dir auch verraten.

»Ich komme dich holen«, sagst du.

»Wozu?«

Du schaust kurz zu ihren Eltern und dann wieder zu Puck. »Das erkläre ich dir gleich. Aber du musst mit mir mitkommen.«

Die beiden Wachleute schauen auf ihre Tochter. Nun bist du zwar nicht der Prinz auf dem weißen Pferd, aber dennoch sieht es nicht danach aus, als wollten sie sie daran hindern. Jedenfalls nicht, wenn sie mitwill.

»Es hat keinen Sinn, Jaak.«

»Doch!«

»Es ist schon verloren, Jaak.«

»Ist es nicht!«

Und es ist nur gut, dass du so klar bist wie Polaris im Kleinen Bär, denn noch bevor Pucks Eltern ihrer Tochter recht geben können, um dich danach endgültig wegzuschicken, sagst du: »Ich habe eine Idee.«

Puck hat sich nicht umgezogen. Sie wollte zwar, aber du hast gesagt, das wäre nicht nötig. Ihr geht nebeneinander auf euren Slippern durchs Dorf.

»Erzähl«, sagt sie.

»Ja, na ja …« Jetzt musst du natürlich mit deiner Idee

rausrücken, aber ehrlich gesagt hattest du dir noch nichts überlegt. Ein einziger Tropfen Raki genügt offenbar noch nicht, um alle Probleme mal einfach so zu lösen.

»Du weißt nichts.« Puck seufzt. »Was bringt uns das jetzt?«

»Nein«, sagst du. »Nicht nichts.« Zwar hast du wirklich noch keinen ausgearbeiteten Plan, wie ihr vorgehen sollt, aber eines weißt du sicher: »Es muss wieder gut werden.«

»Jakob …«

»Jetzt warte doch mal!« Du bleibst stehen und schaust sie fragend an.

Sie bleibt auch stehen.

»Willst du Micha?«, fragst du.

»Ja …«

»Und will er dich?«

»Nicht mehr.«

Du schüttelst den Kopf und fragst noch einmal. »Will Micha dich?«

Puck zuckt mit den Schultern. Sie fängt an zu weinen. »Das weiß ich nicht«, flüstert sie.

»Ich aber.«

Sie weint weiter.

»Du willst Micha und Micha will dich«, sagst du. »Ihr seid superverliebt ineinander, deshalb ist das dumm. Unheimlich dumm.«

»Jaak …«

»Nicht weinen, alles wird gut. Echt.«

»Woher willst du das denn wissen?«

»Ich gehe nicht weg, bevor es zwischen euch nicht wieder in Ordnung ist.«

Puck lächelt flüchtig durch ihre Tränen hindurch. »Das ist lieb«, sagt sie. »Aber was ist mit dir?«

»Wieso mit mir?«

Puck schaut dich mit ihren nassen Augen an. »Jaak«, sagt sie und wischt sich übers Gesicht. »Ehrlich antworten, ja …?« Sie macht eine kurze Pause und fragt dann plötzlich: »Bist du verliebt in mich?«

»Ja.« Es ist heraus, ehe du weißt, wie.

Puck nickt. »Hab ich mir schon gedacht«, murmelt sie und seufzt leise und wischt sich wieder über die Wangen.

Du hast es gesagt. *Du hast es gesagt.* Nicht dass es irgendwas ändern würde, aber irgendwie fühlt es sich gut an, dass es heraus ist. Du könntest jetzt fragen … Sie fragen, ob sie … ob sie auch … Nein, das ist lächerlich.

»Willst du nicht wissen, wie es umgekehrt ist?«

Du kannst Puck in diesem Moment unmöglich anschauen.

»Na?«, fragt sie.

Ganz vorsichtig drehst du den Kopf zur Seite. Sie ähnelt wieder ein wenig der Puck, die du kennst, der coolen und schönen und strahlenden Puck, die einen

Handstand im Meer macht und wie ein Äffchen in Bäume klettert, die in den Bergen zu den Sternen schaut und zusammen mit Micha und dir über die Insel tanzt.

»Ich weiß es nicht«, sagt sie.

»Was weißt du nicht?«

»Na ja.« Sie zuckt mit den Schultern. »Ich habe schon darüber nachgedacht, aber ich bin mir noch nicht schlüssig. Vielleicht kann man nicht in zwei Jungs gleichzeitig verliebt sein. Vielleicht aber doch.«

Du nickst.

»Jaak?«

»Hm?«

»Es klingt bestimmt verrückt«, sagt Puck. »Aber weißt du, was es ist? Ich glaube, ich bin vor allem in *uns* verliebt.«

Du nickst wieder, denn es klingt alles andere als verrückt. Du hast es dir nur noch nicht selbst auf diese Weise überlegt, aber was sie sagt, ähnelt sehr genau dem, wie es ist.

»In Micha und in dich und dann mit mir dazu zusammen«, erklärt Puck. »In uns drei eigentlich. Verstehst du das?«

»Sehr gut sogar«, sagst du.

Sie lacht ein bisschen. »Du findest es also nicht verrückt?«

»Nein.«

»Na gut.«

Du nickst. »Puck«, sagst du. »Es ist nicht verrückt. Überhaupt nicht. Und jetzt gehen wir zu Micha.«

Du kannst zwar Raki trinken und eine Prinzessin entführen und ihr danach sogar noch beichten, dass du in sie verliebt bist, aber einen Streit beenden ist noch etwas anderes.

»Was jetzt?«, fragt Puck.

Ihr steht bei eurer Lachmauer, die heute ein Stück weniger einladend aussieht als an dem Morgen nach dem Fest. Puck und du habt überall nach Micha gesucht, aber es hat den Anschein, als wäre er, ohne dass irgendwer es bemerkt hat, von der Insel verschwunden.

»Beim Fluss?«

»Haben wir schon nachgeschaut.«

»Ja, ich weiß, aber es kann doch sein, dass er jetzt …«

»Nein«, sagt Puck und eigentlich weißt du auch, dass ihr ihn da nicht auf einmal doch noch finden werdet.

Du versuchst nachzudenken. Micha ist nicht im Dorf und nicht am Strand und die Wahrscheinlichkeit, dass er ins Meer gesprungen und zu einer anderen Insel geschwommen ist, erscheint dir ziemlich klein.

»Das wird nichts.« Puck klingt verzweifelt. »Wir finden ihn nie.«

»Doch«, sagst du und dann fällt dir plötzlich der einzige Ort ein, der noch übrig ist und an dem Micha sein könnte. »Ich glaube, ich weiß, wo er ist.«

»Echt?« Puck schreit schon fast. »Wo denn?«

»Unser Haus.«

»Wo, sagst du?!«

Kann sein, dass Zeus dir diesen Ort gerade unbemerkt ins Ohr geflüstert hat, kann aber auch sein, dass du einfach selbst darauf gekommen bist.

»Komm mit«, sagst du und danach, um mit den Worten eures Freundes zu sprechen: »Keine Augenblicke um zu verlieren.«

Puck und du geht zum Dorf hinaus, überquert die Hauptverkehrsstraße und folgt dem Weg am Fluss entlang.

»Hier irgendwo führt ein Pfad hinauf«, sagst du. »Das weiß ich noch.«

Ihr geht weiter den Weg entlang, aber bei Tage sieht alles anders aus.

»Hier!«, ruft Puck endlich.

Man kann es fast keinen Pfad nennen, trotzdem verlasst ihr den Weg und folgt dem engen, gewundenen Steig nach oben.

»Erkennst du es wieder?«

»Nein«, musst du zugeben. »Du?«

»Auch nicht.«

Ihr folgt weiter und weiter dem schmalen Pfad, der immer steiler wird. Nach der x-ten Kletterpartie fragst du dich, wie viele dieser Bergpfade es hier eigentlich gibt. Zehn? Hundert? Und gerade als du denkst, dass es vielleicht auch tausend sind und ihr darum niemals richtig sein könnt, hört der Pfad plötzlich auf.

Du hast recht. Natürlich hast du recht. Genau da, wo ihr die halbe Nacht zu dritt nebeneinandergelegen und zu den Sternen aufgeschaut habt, siehst du Micha. Er sitzt auf einem Stein, mit dem Rücken zu euch, und du bist so erleichtert, dass Puck und du ihn gefunden habt, dass du einen Moment lang glaubst, er würde sich umdrehen und alles wäre dann einfach wieder gut.

»Geht weg.« Ohne hinzuschauen, weiß er, dass ihr es seid.

Puck geht zu dem Stein. »Micha«, sagt sie. »Michi?« Sie will ihren Arm um seine Schulter legen, aber er schüttelt sie von sich ab.

Das hier ist kein Spiel – noch nicht mal dem Anschein nach – und doch bist du am Zug. »Micha …«

»Geht weg!«, klingt es wieder.

»Morgen«, sagst du. »Morgen fahren wir, Micha. Darum müssen wir jetzt reden.«

Der Rücken auf dem Stein bleibt still.

»Wir wollen es wiedergutmachen, Micha.«

Er dreht sich mit einem Ruck um und schaut dich spöttisch an. »Du sagst wiedergutmachen?« Micha muss darüber lachen, aber es hat nichts von diesem ansteckenden Lachen, das du so gut kennst. »Ihr kommt zu mir, um wiedergutzumachen?«

Du nickst.

Micha schüttelt den Kopf.

»Ich bin ja so dumm gewesen«, sagt Puck leise.

»Ich auch«, sagst du.

»So fürchterlich dumm, Micha.« Puck guckt ein bisschen auf den Boden. »Wir hätten das nie-nie-nie tun dürfen. Es war ein Fehler. Echt.«

»Ein Riesenfehler«, sagst du. »Der größte Fehler der Welt.«

»Größer noch«, findet Puck.

»Ja.«

Du nickst wieder. »Viel größer. So groß wie die Welt und die Sonne und der Mond und alle Sterne zusammen.«

»Haltet doch bitte den Mund«, sagt Micha mit noch immer diesem schneidenden Blick. »Jetzt ihr sagt Entschuldigung, was? Jetzt ihr sagt, ach, das tut mir so leid und wir hätten nicht tun dürfen so. Jetzt ihr kommt angekrochen zu mir, um zu sagen, wir haben den Fehler gemacht.«

»Ja«, flüstert Puck.

Du nickst, als könntest du nichts anderes mehr als nicken. »Es war verkehrt«, sagst du. »Ganz, ganz verkehrt.«

Aber Micha springt von seinem Stein auf und schaut euch wütend an. »Warum ihr zwei sagt nur die Dinge, die sind schon bekannt?«, schreit er. »Warum ihr die ganze Zeit wiederholt all diese Worte?«

Du sagst nichts. Puck auch nicht.

»Wenn ihr nur habt zu sagen zu mir, was ich weiß schon längst, dann haltet einfach den Mund!«

»Ja, aber Micha …«, versucht es Puck. Sie weint wieder.

»HÖR AUF!«

»Wir wollen doch bloß …«

Aber was ihr wollt, sagst du nicht mehr, denn Micha hat sich schon umgedreht. Er rennt weg von Puck und dir und dem Sternenplatz, wie eine Ziege, die vor der Herde Reißaus nimmt.

»Micha!«, rufst du. »Bleib doch hier!«

Aber er reagiert nicht und hastet, ohne sich umzusehen, immer weiter von euch fort.

Puck steht schluchzend neben dir. Micha wird immer kleiner. Und du bist eine Niete von Freund.

Du bist der schwächste und dümmste und untauglichste Freund, der du überhaupt sein kannst. Nein – den es gibt, meinst du, den irgendwann jemand wo auch immer auf der Welt gehabt hat. Du bist lasch und kindisch und unzuverlässig, ja, das natürlich auch, und idiotisch und total bekloppt, und ach, du willst, ja, du willst, ja, du willst so gern, dass es nicht so ist und bleibt und dass ihr jetzt – jetzt, ja, jetzt! – miteinander vereinbart, dass der Streit vorbei ist, ganz egal, wie, aber schnell bitte und sicher und Ehrenwort und immer-immer-immer zu dritt.

»Wir haben ein Haus!«, schreist du Micha hinterher.

Er rennt weiter.

»Ein weißes Haus mit hellblauen Fensterläden und abends schauen wir vom Dach aus zusammen nach den Sternen!«

Micha rennt immer noch. Oder wird er jetzt langsamer?

»Unser Haus hat ein Schlafzimmer mit dem größten Bett, das es gibt!«, rufst du. »Und einen langen Holztisch mit jeden Morgen dem leckersten Frühstück darauf!«

Micha ist stehen geblieben. Du gehst weiter.

»Wir arbeiten alle drei irgendwo, wo es uns gefällt, und wir haben nicht viel Geld, aber das ist auch nicht nötig!« Und während du weiter rufst, läufst du Micha hinterher. »Wenn wir nicht arbeiten müssen, machen wir schöne Sachen zusammen und in den Ferien gehen wir den ganzen Tag schwimmen!« Du kommst immer näher, du bist schon fast bei ihm. Du brauchst nicht mehr zu rufen. »Wir sind zu dritt«, sagst du. »Immer zu dritt, selbst wenn einer von uns mal nicht da ist. Denn weißt du was, Micha?« Du kannst ihn jetzt sehr gut anschauen. »Die anderen zwei wissen, dass der eine einfach wieder zurückkommt.«

Er weint. Ach nein, du weinst. Oder eigentlich weint ihr beide. Ja, so ist es. Ihr wischt euch gleichzeitig übers Gesicht, so als wäre es die allernormalste Sache der

Welt, dass zwei Jungen irgendwo in den griechischen Bergen zusammen eine Runde flennen.

»Micha? Jaak?« Puck ist direkt hinter euch. Jetzt heulen also schon drei Leute. »Ist es wieder gut?«, flüstert sie.

Micha lacht sein fröhliches Lachen, mitten durch seine Tränen hindurch. »Spinner«, sagt er. Es klingt lieb. »Beide ihr seid Spinner. Aber ein ganz kleine bisschen vielleicht das ist auch meine Schuld.«

»Nein«, sagt Puck.

»Doch.« Micha nickt entschlossen. »Ich sage, ein kleine bisschen, ja? Und jetzt ihr werdet noch einmal sagen zu mir, dass nie mehr ihr das so tut, und dann alles ist wieder in Ordnung. Das ist der Ding, der ich wünsche.«

Puck lacht. Sie rennt auf Micha zu und gibt ihm einen Kuss. »Ich auch«, sagt sie.

Und dann sagst du es auch.

RE: FW: E-Mail von Mama

Jakob Zervakis <jakozerva@gmail.com>

an Mama

Hallo Ma

Morgen um fünf Uhr bin ich wieder da, ja? Papa hat gesagt, du würdest dann am Flughafen sein. Kees kann aber auch kommen, wenn das besser passt. Eigentlich sollte Papa mich hier zum Flugplatz bringen, aber jetzt machen das die Eltern von Puck (das ist das Mädchen), weil sie ohnehin mit dem Auto zur Fähre müssen. Praktisch, nicht?

Entschuldige übrigens, dass ich dir nicht früher geschrieben habe, aber ich hatte hier ziemlich zu tun mit einigen Dingen. Das erzähle ich dir vielleicht mal bei Gelegenheit.

Bis morgen, Ma.

Kuss, Jakob

PS: Doch, ich habe auch große Lust, dich wiederzusehen.

»Einsteigen, Herrschaften!«, sagt Pucks Vater. »Das Flugzeug wartet nicht auf dich, Jakob.«

Das Auto steht am Rand der Gasse zum Restaurant. Yiannis hievt deinen Koffer und deinen Rucksack in den Kofferraum, Pucks Mutter und Gertie tauschen E-Mail-Adressen miteinander und Pucks Vater schaut auf seine Uhr.

»Also …«, sagt Puck.

Ihr steht zu dritt beieinander. Abschied – du hast keine Ahnung, wie so etwas geht.

»Ja …«, sagt Micha. Er weiß es auch nicht.

Ihr wisst es alle drei nicht.

»Na, wird's bald?«, ruft Pucks Vater in einem spöttischen Ton.

Du stehst vor Micha. Erst willst du ihm die Hand geben, aber dann wird es plötzlich eine Art Umarmung und er küsst dich auf beide Wangen. Echt griechisch.

»Tschüs, ja?«, sagst du.

»Tschüs«, sagt Micha.

»Ich komme dann im Winter, zu Weihnachten.«

»Abgemacht«, sagt er. »Ach, Jaak?«

»Ja?«

»Du weißt, du bist mein bester Freund?«

»Und du meiner.«

»Und du weißt, das bleibt so, ja?«, sagt Micha. »Auch wenn du bist nachher wieder weg von hier.«

»Okay.«

»Echt, hörst du?«

Du fragst dich, wie das geht, eine Freundschaft über Berge und Meere hinweg, aber jetzt, wo du es Micha so sagen hörst, weißt du hundertprozentig, dass es in jedem Fall funktionieren wird.

Dein Freund fühlt in seiner Tasche. »Ich habe noch etwas.« Er holt es hervor und legt es in deine Hand.

»Ein Komboloi?«

»Gemacht ich selbst«, sagt Micha. »Für dich.«

Du weißt fast nicht, was du sagen sollst. Es sind neun Holzperlen auf einer schwarzen Schnur und es ist das schönste Geschenk, das du jemals bekommen hast. »Wann hast du das gemacht?«, fragst du.

Micha zuckt mit den Schultern. »Diese Tage.«

Du nickst, du lächelst. »Danke schön.«

Micha nickt und lächelt auch und dann schaut er zu Puck, die ein wenig abwartend hinter euch steht.

Du gehst ein paar Schritte zur Seite. Du hörst Pucks Vater irgendwas von Staus und Ziegen auf der Straße von sich geben, aber ihre Mutter sagt: »Jetzt lass die Turteltäubchen doch bitte!«

Micha und sein Mädchen halten sich an den Händen

und schweigen. Puck hat Tränen in den Augen, das siehst du. Micha wischt ihr mit einem seiner großen Daumen übers Gesicht.

»Nicht weinen«, sagt er.

»Ich weine nicht.«

Micha lächelt. Er küsst Puck auf die Wange und den Mund, ganz lange auf den Mund. Pucks Vater gibt einen tiefen Seufzer von sich, aber die anderen Erwachsenen müssen lächeln.

Du gehst zu Yiannis und Gertie. Sie will ihn und er sie nicht ganz so sehr, aber offenbar braucht das kein Riesenproblem zu sein.

»Ich mache jetzt nicht so der Emotionale, hörst du«, sagt Yiannis.

»Ist gut, Papa.«

Gertie umarmt dich und dann tut Yiannis (dein Vater, Papa) es auch. »In den Weihnachtsferien, ja?«, sagt er im Anschluss an die Umarmung.

»Wenn du einverstanden bist ...«

»Natürlich ich bin das.« Yiannis lacht sein breites Lachen und sagt: »Das ich finde sogar großartig!«

Ein blaues Zehnpunkteauto fährt über die Insel. Pucks Eltern unterhalten sich vorn, du sitzt mit Puck hinten und ihr schweigt zusammen.

Sie schaut zu der einen Seite aus dem Fenster, du zu der anderen. Zwischen euch ist ein Stück leere Sitzbank, das sich irgendwie besonders leer anfühlt. In der Tasche deiner kurzen Hose stecken neun kostbare Diamanten.

Das Auto rauscht vorbei an hohen Bergen, großen, weißen Gewächshäusern und einsamen Kirchlein, vorbei an Häusern ohne Dach und einem verfallenen Hotel, das so aussieht, als könnte es jeden Moment einstürzen und somit, kurz nachdem ihr es hinter euch gelassen habt, vielleicht schon nicht mehr existieren. Du fährst mit der Hand in deine Hosentasche und mit den Fingern befühlst du die Perlen an der Kette, die Micha für dich gemacht hat.

Du schaust nach draußen und denkst an den Sommer in dem Dorf, das mit jedem zurückgelegten Autometer immer etwas weiter hinter dir liegt. Du denkst an die Inseltage, an nichts als die Inseltage und Sommernächte mit Sternschnuppen. Es könnte durchaus so sein, dass du nie mehr an etwas anderes denken kannst als daran, selbst wenn sie schon längst von tausend nachfolgenden Tagen eingeholt worden sind.

»Bisschen Musik?«, fragt Pucks Mutter vorn im Auto. Ohne auf eine Antwort zu warten, schaltet sie das Radio ein und beginnt fast sofort, mit irgendeinem griechischen Sänger mitzubrummeln (man könnte es auch mitsummen nennen). Pucks Vater trommelt den Rhythmus mit den Fingern auf das Lenkrad.

Du hörst die Musik, das Gebrummel und das Getrommel und den Sänger, der aus der Tiefe seines Herzens von der Liebe singt, immer nur von der Liebe. Denn auch wenn du nur wenig davon verstehst: Etwas anderes als das kann es unmöglich sein.

Du schielst zur Seite. Puck schaut immer noch in die andere Richtung. Dann schiebt sie ihren Arm zur Mitte, zu dem leeren Stück Rückbank, und wie von selbst tust du das auch.

Ohne euch anzusehen, fasst ihr euch an den Händen und so, die beiden Hände fest ineinander, bleibt ihr sitzen. Die vorne merken nichts davon, die sind viel zu beschäftigt mit Brummeln und Trommeln und allem, was auf der Straße geschieht.

Puck bewegt sich nicht. Du ebenfalls nicht. Und obwohl die Zeit inzwischen vollkommen stehen geblieben ist, kommt der Flugplatz immer näher.

Das Auto rast unbeirrbar weiter über die Insel.

Noch immer haltet ihr euch an den Händen.

Gideon Samson, 1985 in Den Haag geboren, verfasste bereits in der Grundschule kleine Geschichten. Im Alter von 22 Jahren veröffentlichte er sein erstes Buch, dem bald weitere folgten. Er ist der jüngste Autor, der jemals mit dem *Silbernen Griffel* ausgezeichnet wurde. In Deutschland standen seine Bücher bereits zweimal auf der Liste *Die besten 7 Bücher für junge Leser.* Samson wurde für den *Astrid-Lindgren-Gedächtnispreis* 2018, die weltweit höchstdotierte Auszeichnung für Kinder- und Jugendliteratur, nominiert.

Weitere Bücher von Gideon Samson in der Übersetzung von Rolf Erdorf bei Gerstenberg:

70 Tricks, um nicht baden zu gehen, ab 8 Jahren, ISBN 978-3-8369-5704-5

Doppeltot, ab 14 Jahren, ISBN 978-3-8369-5799-1

Flutlicht, ab 14 Jahren, ISBN 978-3-8369-5896-7

Rolf Erdorf, 1956 in der Eifel geboren, studierte Germanistik und Niederländische Philologie. Für seine Übersetzungen wurde er unter anderem mit dem *Martinus-Nijhoff-Preis*, dem *Gustav-Heinemann-Friedenspreis* und zweimal mit dem *Deutschen Jugendliteraturpreis* ausgezeichnet.

Gideon Samson

Flutlicht

Aus dem Niederländischen von Rolf Erdorf
176 Seiten, gebunden
ISBN 978-3-8369-5896-7

Sri Lanka, Dezember 2004: Pieter und John verbringen entspannte Urlaubstage am Meer, wo sie zwei schwedische Backpackerinnen kennenlernen. Für Pieter und Elin ist es Liebe auf den ersten Blick. Sie wollen die Nacht zusammen am Strand verbringen ...
Ein packender Roman über einen Jugendlichen, der dem Tsunami entkommt und alles vergessen will. Doch die Flutwelle holt ihn ein.

... zwischen packendem Drama und hochspannendem Thriller

Süddeutsche Zeitung

www.gerstenberg-verlag.de

Die Übersetzung dieses Buches
wurde von der niederländischen
Stiftung für Literatur gefördert.

Nederlands letterenfonds
dutch foundation
for literature

1. Auflage 2018

Die Originalausgabe erschien unter
dem Titel *Eilanddagen*

Übersetzung: Rolf Erdorf
Umschlagillustration: Felix Eckardt
Druck und Bindung: GGP Media GmbH, Pößneck
Printed in Germany

ISBN 978-3-8369-5630-7

www.gerstenberg-verlag.de